समर्पण

वो तृषा, जिसने मेरे जीवन में आकर उसे अर्थ दिया,
चाहे वह कुछ समय के लिए साथ रही हों।
विशेष रूप से उन यादों को,
जो आज के बाद इन्हीं पन्नों में हमेशा के लिए दफन हो जाएँगी।
– ललित मोहन

आभार

इस पुस्तक को लिखना मेरे लिए हमेशा एक सुंदर अहसास होगा। मैं उन सभी लोगों का हृदय से आभार व्यक्त करता हूँ, जिन्होंने इस कार्य को संभव बनाने में सहयोग दिया।

मैं अपने परिवार और उन सभी लोगों का धन्यवाद करता हूँ, जिन्होंने मुझे लिखना सिखाया। साथ ही उन सभी पाठकों का विशेष धन्यवाद, जो इस पुस्तक को पढ़ने का समय निकालेंगे।

विषय-सूची

भूमिका

चूँकि अब जो आपके हाथ में ये किताब है, तो आप में से कुछ लोग इसके दो पन्ने, कुछ दो अध्याय और बहुत कम लोग अंतिम अध्याय पढ़कर अपना समय बर्बाद करेंगे। मुझे नहीं पता आपने ये किताब क्यों खरीदी, क्यों आपने अपनी संपत्ति इसमें खर्च की, शायद हो सकता है इसका मुखपृष्ठ आपका मन लुभा गया या इसकी आलोचना ने आपके मन में जिज्ञासा प्रदर्शित की हो। मैं इस कहानी का लेखक, अपनी ये पहली किताब बाजार में प्रकाशित कर रहा हूँ। साफ तरीके से स्वीकार करूँ तो मुझे साहित्य, भाषा, शब्द चयन और लेखन-कार्य का कोई उपयुक्त ज्ञान नहीं है और इसको बाजार में प्रकाशित करना मेरा कभी लक्ष्य नहीं था। ये किताब का लेखन बस मेरा तृषा को आखिरी जवाब था। मेरे लिए इस पूरी यात्रा में सबसे कठिन कार्य था भाषा का चयन और उससे भी मुश्किल था इस किताब का शीर्षक खोजना। मुझे किताब लिखने के पश्चात पूरा एक माह लग गया शीर्षक ***'तुम, मैं और ये किताब'*** को तलाशने में। एक और दिलचस्प बात ये है कि इस कहानी का शुरुआती लेखन मैंने पहले अंग्रेजी भाषा में किया था, दो-तीन अध्याय लिख भी डाले थे, लेकिन हर एक शब्द के साथ मुझे इस

किताब के लिखने की वजह और भावना का हनन महसूस हो रहा था। आखिरकार मैंने अंग्रेजी भाषा को हाथ जोड़कर अलविदा कहा और

डायरी से पेज फाड़े और नई कलम से हिन्दी भाषा में लिखना शुरू किया। और इस दिन के बाद मुझे अपने इस फैसले पर हमेशा गर्व रहा। मेरा अंग्रेजी भाषा या अन्य किसी भी भाषा के प्रति कोई द्वेष भावना नहीं है, पर बचपन से पढ़े हिन्दी के अलंकार, उपसर्ग और लिपि ने मुझे इस कार्य को सफल तरीके से पूरा करने में बहुत मदद पहुँचाई।

नमस्कार पाठकों, मेरा नाम है ऋषि, ये कहानी है मेरे जीवन के बसंत से पतझड़ तक की। इस बसंत ने मेरे जीवन में पाँच सालों तक खूब बहार बिखेरी और प्रकृति के नियमों के अनुरूप पतझड़ ने भी बहुत क्रूरता से दस्तक दी। अभी शायद ये बसंत, पतझड़, प्रकृति जैसे भारी शब्द आपके पल्ले नहीं पड़ रहे होंगे, लेकिन इसके बाद के पन्नों को पढ़ने के बाद आप संपूर्ण प्राकृतिक विज्ञान समझने में सक्षम हो जाओगे। इस कहानी का दूसरा और मुख्य किरदार है तृषा। ऋषि और तृषा की ये कहानी कोई कल्पना नहीं, बल्कि सौ प्रतिशत सत्य घटना पर आधारित है, इस कहानी को आप जैसे-जैसे पढ़ते जाएंगे, आप लोग अलग-अलग उतार-चढ़ाव को महसूस करेंगे और शायद अंतिम अध्याय तक पहुँचने पर भी आप बिना किसी निष्कर्ष के किताब बंद करेंगे और

इसे अपने बुक-शेल्फ के किसी कोने में पटक देंगे। मैंने अपने जीवन के पाँच सालों के बसंत और पतझड़ को अपने दिमाग

और दिल से पूरी तरह खाली कर इस किताब के एक-एक पन्ने में उँडेल दिया है, ताकि इस किताब के अंतिम अध्याय को लिखने के बाद मैं इस कहानी को हमेशा-हमेशा के लिए भूल जाऊँ। ये भी स्पष्ट कर दूँ कि इस कहानी का एक भी शब्द कभी किसी पाठक के लिए नहीं है बल्कि हर एक शब्द एक पैगाम है और मेरे हर पैगाम पर सिर्फ तृषा का हक है। फिर भी इस किताब को पढ़ने वाले हर शख्स को मेरा अपनत्व।

अध्याय 1

मेरा नाम 'ऋषि' है, वैसे ऋषि नाम के हजार मतलब होते हैं, उनमें से एक मतलब है 'ज्ञानी'। शायद यही समझकर मेरे माँ-बाप ने मेरा नाम ऋषि रखा होगा कि बड़ा होकर उनका सुपुत्र भी ज्ञानी बनेगा। मेरी उम्र करीब चौबीस वर्ष की हो चुकी है और देखा जाए तो इस उम्र में लोग टीनएज से बाहर निकलकर ज्ञानी बनने को अग्रसर होते हैं। पता नहीं लोग ज्ञानी होने या समझदार होने को उम्र के नंबर के साथ क्यों जोड़ते हैं, क्योंकि मैंने अक्सर कम उम्र को भी अच्छा-भला समझदार होते हुए देखा है। मेरा मानना है कि ज्ञान उम्र की अपेक्षा हालातों से बेहतर परिपक्व होता है। जो भी हो, पर मेरी समझदारी तो जैसे अभी-अभी ही आई है।

मैं हिमाचल का रहने वाला हूँ और बचपन से हिमाचल में ही पला-बढ़ा हूँ। यहाँ के वातावरण ने हमेशा से मुझे धैर्य, सादगी और भरोसेमंद रहना सिखाया है, पर मुझे नहीं पता था कि मेरी ये सीख एक दिन मेरे जीवन में अभिशाप की तरह साबित होगी।

'तृषा'–ये वो नाम है जिसने मेरे जीवन को उथल-पुथल और सब कुछ बनाने में कोई कमी नहीं छोड़ी। तृषा का मतलब ही होता है लालसा, और मैं इस बात को भूल चुका था कि लालसा का सीधा जुड़ाव होता है लालच से, और इतिहास में आज तक किस लालची की नैया पार लग पाई है, जो मेरी लग जाती।

तृषा का घर मुझसे कुछ ही दूरी पर था। तृषा का व्यक्तित्व मुझसे काफी अलग था। उसके और मेरे बीच कुछ चीजें तो सामान्य थीं, लेकिन बहुत सारी चीजें काफी अलग थीं। इन दोनों की कहानी का पैदा होने से दम तोड़ने तक का सफर, आप लोगों के लिए शायद एक मनोरंजन का साधन मात्र हो सकता है, किन्तु मेरे लिए सम्पूर्ण जीवन का एक सार है।

ये समय है, आज से करीब पाँच साल पहले, वर्ष 2020, महीना अगस्त था। मैं अपनी बीटेक की पढ़ाई के पाँचवें सेमेस्टर के एग्जाम पूरे करके छुट्टी मनाने घर आया हुआ था। मैं लोगों में आसानी से कम घुल-मिल पाता हूँ, इसलिए मेरे कुछ ही गिने-चुने दोस्त हैं। इसका ये मतलब नहीं कि मेरा व्यवहार अमित्रतापूर्ण है। कॉलेज में पढ़ाई-लिखाई और हॉस्टल में सेल्फ-स्टडी से मेरी रोजमर्रा की दिनचर्या काफी व्यस्त हुआ करती थी। कुछ नया सोचने का और करने का न तो समय होता था, न ही इस ओर ध्यान भटक पाता था। एक आदर्श विद्यार्थी का जीवन जैसा होना चाहिए, उसके सारे सिद्धांतों में, मैं परिपूर्ण था।

कभी-कभी सहसा ये ख्याल आ पड़ता था कि ये क्या ही जीवन है, जिसमें हर दिन एक ही काम करना पड़ता है। कुछ ऐसा होना चाहिए जो अलग हो, लेकिन ये ख्याल थोड़ी देर बाद चूल्हे से निकले तवे की भाँति ठंडा पड़ जाता था। खुद को ये कहकर मना लेता था कि छुट्टियाँ आएंगी तो इस विचारधारा पर अवश्य काम करूँगा, फिलहाल परीक्षाओं में ध्यान केंद्रित कर लेता हूँ। मैं बचपन से आदर्श

विद्यार्थियों की सूची में रहा था, इसलिए पढ़ाई-लिखाई को हमेशा से ही गंभीरता से लेना मेरी आदतों में शामिल था।

परीक्षाएँ खत्म हुईं और मुझे एक महीने का अवकाश प्राप्त हुआ। मैंने अपना सामान बाँधा और घर पहुँचा। कॉलेज के रोजमर्रा के व्यस्त जीवन में ढलने के बाद मुझे ये छुट्टी के दिन काफी उबाऊ लगने लगे। मैं दिन भर इधर-उधर फिरता रहता और खुद के दिमाग को शैतान का घर बनने से रोकने के सारे प्रयास करता रहता। मैं दिन भर टाइमपास के तरीके ढूँढ़ता रहता था। तभी मुझे अपनी उस कुछ अलग करने की विचारधारा का ध्यान आया। कुछ ऐसा जिससे बस टाइमपास हो जाए और मजा भी आए—निश्चित तौर पर वो पढ़ाई-लिखाई से अलग होना चाहिए, कुछ ऐसा जो आनंददायक हो।

फेसबुक उन दिनों सोशल मीडिया का सबसे प्रभावशाली माध्यम था। तब विचार आया—'क्यों न मैं एक फेसबुक प्रोफाइल बना लूँ'। नए-नए लोगों से बात करूँगा तो अच्छा-भला टाइमपास हो जाएगा और मैं इससे ऊब भी नहीं पाऊँगा।

'लेकिन सोशल मीडिया अपने आप में एक बहुत बड़ा विक्षेप भी है, कहीं मुझे इसकी आदत न पड़ जाए। ये मेरी पढ़ाई को प्रभावित कर सकता है, मुझे इस रास्ते पर नहीं जाना चाहिए'—ऐसा मेरे मन ने प्रतिक्रिया की। थोड़े तोल-मोल के बाद मैंने खुद को ये कहकर राजी किया कि छुट्टी खत्म होते ही मैं इस प्रोफाइल और विचारधारा दोनों का गला घोंट दूँगा, जिससे न रहेगी बाँस, न बजेगी बांसुरी, और मेरी पढ़ाई में कोई व्यवधान उत्पन्न ही नहीं हो पाएगा।

विचार आया और तुरंत अमल भी कर लिया गया। फेसबुक पर प्रोफाइल बनाई 'ऋषि' के नाम से, जिसमें मैंने पीले रंग की टी-शर्ट और चेहरे पर हल्की सी मुस्कान वाली तस्वीर लगा दी। प्रोफाइल बनने के बाद, मैं फेसबुक की दुनिया में अच्छे से घुल-मिल गया था। सब कुछ बहुत अच्छे से चल रहा था। मैंने बहुत सारे लोगों से बात करना भी शुरू कर दिया था। लोगों से मेरा इस तरीके से घुलना-मिलना मुझे अंदर से काफी संतोष देता था।

दो दिन इसी तरीके से बीत गए। मैंने अब कई दोस्त बना लिए थे, जो मेरी गुड मॉर्निंग से लेकर गुड नाइट तक का सारा अभिवादन व्यक्त करते थे। सब कुछ मेरी योजना के अनुरूप हो रहा था, लेकिन ये योजना का रूप बदलने वाला था।

मैंने देखा, मेरे सुझाव बॉक्स पर एक मित्रता का सुझाव उपस्थित था। नाम था 'तृषा'। तस्वीर पर गौर किया तो जैसे मैं स्थिर हो गया। मेरी आँखों ने जैसे पलकें झुकाने से मना कर दिया हो–सुंदर चेहरा, प्यारी सी मुस्कान, भाव में सादगी। ऐसा प्रतीत हो रहा था जैसे ईश्वर ने अपनी सारी सुंदरता अकेले इस लड़की में भर दी हो।

मैंने काफी समय तक उसकी तस्वीर को घूरा। उसके बाद जाँच-पड़ताल शुरू की। उसने संसार का कुछ ज्ञान अपने प्रोफाइल के नीचे लिखा हुआ था। अगले पल मेरी नजर पड़ी, जहाँ उसने अपने स्कूल का नाम अंकित किया हुआ था। मैं चौंक गया कि ये तो वही स्कूल है, जहाँ से मैंने भी अपनी पढ़ाई पूरी की हुई है।

तो इसका मतलब हो सकता है कि मैं इस लड़की को जानता हूँ, या ये भी हो सकता है कि मैं इससे मिल भी चुका हूँ। मैंने वापस उसकी तस्वीर को घूरना शुरू किया। अपने दिमाग के हर कोने को खंगालना शुरू किया। खोदते-खोदते मुझे सहसा एहसास हुआ कि निश्चित रूप से मैंने इस लड़की को स्कूल में कहीं तो देखा है, पर कहाँ?

मेरे दिमाग की घंटी बजी–'शायद ये वो तो नहीं, जो स्कूल की प्रार्थना गाती थी? पर वो तो इतनी सुंदर नहीं थी।' मैंने सकारात्मक सोचना जारी रखा–'इतने लंबे समय में इतना सुंदर होना संभव तो है।'

ये वो हो या न हो, ये जरूरी नहीं है। जरूरी ये है कि इतनी सुंदर लड़की ने मुझे क्यों मित्रता का प्रस्ताव भेजा। ऐसा क्या विशेष दिखा मुझमें? मैं खुद को उसके सामने मामूली महसूस कर रहा था। मेरे मन में सवालों का प्रवाह काफी प्रबल था, और हर सवाल एक ही बात का इशारा कर रहा था–'आखिर मैं क्यों?'

मन में सवालों का अंबार अवश्य था, लेकिन दिल में खुशी का अंबार भी। मन में अजीब सा संतोष था। खुद पर एक गर्व महसूस हो रहा था कि इतनी सुंदर लड़की ने मुझे मित्रता का प्रस्ताव भेजा है। कुछ तो जरूर खास है मुझमें। मैंने तुरंत सहज भाव से उस प्रस्ताव को स्वीकार किया, और ऐसा करते हुए मुझे ऐसा महसूस हो रहा था जैसे मैं कोई अरबों की डील स्वीकार कर रहा हूँ। पर यकीन मानो, तो अरबों की डील भी उस भावना के सामने तिनके भर थी।

मैंने उसे संदेश लिखा–'हैलो, कैसे हो'। आगे बहुत कुछ लिखने का मन था, पर मैंने खुद को रोका और आश्वस्त किया कि जब तक इस संदेश का जवाब नहीं आएगा, तब तक और कुछ बोलना अनैतिक हो सकता है। इसलिए मैंने इंतजार करने का रास्ता स्वीकार किया।

इंतजार की राह कभी आसान नहीं होती, और तब जब इंतजार ही एक अंतिम उपाय हो, तब ये और कठिन बन जाती है। मैंने तृषा के जवाब का घंटों इंतजार किया। इस बीच खुद का मन बहलाने के लिए मैंने 'मानव विकास' से जुड़ी किताब पढ़ने की कोशिश की, लेकिन तृषा के जवाब के इंतजार में लगा मेरा मन किताब की किसी भी बात को समझने में असमर्थ था।

दोपहर से शाम और रात भी हो गई, पर तृषा की तरफ से कोई जवाब नहीं आया। मैं बार-बार फेसबुक में झाँक रहा था कि शायद तृषा का कुछ जवाब आया हो, पर हर बार मायूसी का मुख देखना पड़ रहा था, जिससे मेरा आत्मविश्वास, जो दिन में ऊँचाई पर था, वो ढलते सूरज के साथ ढलता जा रहा था। मेरा मन दुखी हो गया और निराशा की लहर ने मेरी आत्मा को झकझोर दिया। आवेश में आकर मैंने अपना फोन साइड में पटक दिया।

तभी अचानक मेरे फोन से आवाज आई–'टीन, टीन'।

ये 'टीन-टीन' की आवाज का मतलब था 'अधिसूचना'। साफ शब्दों में

कहूँ, तो मेरा फोन मुझे कुछ बताना चाहता था। इस आवाज को सुनकर मेरे सुस्त पड़े शरीर में जैसे बिजली का प्रवाह दौड़ गया हो। मेरी धमनियाँ जोर-जोर से प्रतिक्रिया करने लगीं। ये एहसास मुझे पहली बार अनुभव हो रहा था। इस अहसास को क्या नाम लेकर पुकारा जाता है, ये मुझे नहीं पता था, पर सच कहूँ तो ये काफी सुखद था।

मैंने उत्सुकता से जल्दी-जल्दी में फोन का पासवर्ड डाला, लेकिन जल्दी का काम शैतान का होता है वाली बात सच हुई। मैंने तीनों बार गलत पासवर्ड डाला, जिससे मेरा फोन तीस सेकंड के लिए लॉक हो गया। वो तीस सेकंड मुझे तीस घंटों से भारी लगे।

मेरे फोन ने मुझ पर अहसान फरमाया और मुझे फोन को अनलॉक करने का एक और मौका दिया। मैंने इस बार दिमाग और शरीर को सही क्रम में लगाकर पासवर्ड डाला और फोन को अनलॉक किया। अनलॉक की आवाज ने मेरे मन को एक दिलासा दिया, जैसे मैंने वर्ल्ड बैंक का पासवर्ड हैक कर लिया हो और अब उसका सारा पैसा मेरा होने वाला हो।

सब कुछ अनदेखा कर मैंने सीधा फेसबुक खोला। आज मेरा फोन काफी धीमें तरीके से काम कर रहा था। मुझे ऐसा एहसास हो रहा था, मानो ये मुझसे रिश्वत की उम्मीद कर रहा हो। मैसेंजर सेक्शन में देखा–वहाँ तृषा के नाम के आगे एक ग्रीन डॉट था, जिसका मतलब था तृषा ने मुझे जवाब भेजा है।

मेरे 'हैलो' के जवाब में 'हाय' आया था। उस क्षण मेरे लिए इन दो अक्षरों के काफी मायने थे। मेरे अंदर खुशी की लहर दौड़ गई।

मैंने दोबारा लिखा–'मैं ऋषि हूँ, मैं शायद आपको जानता हूँ, मैंने आपको स्कूल में देखा है, क्या आप वही हैं जो स्कूल में प्रार्थना गाया करती थीं?' और तुरंत उसे भेज भी दिया। अगले ही पल मुझे एहसास हुआ कि कौन भला इस दुनिया में पहली बार में इतना बेवकूफी भरा जवाब भेजता है। *'मैंने तुम्हें देखा है'–तो क्या? तृषा को इस जानकारी से क्या मतलब होगा'।*

तृषा जैसी सुंदर लड़की इससे बेहतर जवाब की अधिकारी है। मुझे लगा मेरा पहला प्रभाव फीका पड़ गया। शायद मेरे इस जवाब से वो मित्रता का प्रस्ताव वापस ले ले। मैंने उम्मीद भरी नजरों से तृषा का संदेश पेज यूँ खोला था, मानो जिस चीज के मिलने का इंतजार मैं वर्षों से कर रहा था, वो बस अभी मिलने ही वाली थी।

तृषा का जवाब आया। मित्रता का प्रस्ताव वापस लेने के बजाय उसने लिखा–'हाँ, मैं स्कूल में प्रार्थना गाती थी, पर आप कौन हैं? मैं आपको नहीं जानती हूँ।'

ये क्या बात हुई? मित्रता का प्रस्ताव इसने भेजा और अब खुद ही कह रही है, मैं आपको नहीं जानती। मेरे अंदर सवाल घूमने लगे कि सुन्दर लड़कियाँ ऐसे ही कुछ भी कर जाती हैं क्या? मुझे इस जवाब की दूर-दूर तक उम्मीद नहीं थी। मेरा दिल, जो अभी तक खुशी से झूम रहा था, वो चुपचाप कोने में सिकुड़ गया।

मैंने फिर साहस जुटाया और बड़ी हिम्मत से टाइप किया–'तो आपने मुझे मित्र बनने का प्रस्ताव क्यों भेजा?' मन ही मन मैं घबरा रहा था कि कहीं वो ये न कह दे कि मुझसे गलती से भेजा गया था। तृषा का जवाब भी वही आया–'अरे अच्छा, मुझसे गलती से भेजा गया होगा।'

'गलती नहीं, ये तो गुनाह है–गुनाह ये कि मेरे मन और दिल में जन्मे हजार ख्वाबों को तोड़ने का।' पर इसमें इसकी क्या गलती? इसे मेरी मनोस्थिति के बारे में क्या पता। ओह, शायद अब मित्रता का बंधन यहीं छूट जाए। आह, ये कैसी स्थिति–जो इस कहानी के जन्मने के कुछ ही घंटों में समाप्त हो गई। मन ही मन मैं अथाह दुख में था।

मैं जो शोक में डूबा अपनी किस्मत को कोस रहा था, तभी मेरी उम्मीद से अलग तृषा का एक और संदेश आया।

अध्याय 2

वही सुखद 'टीन-टीन' की आवाज। वैसे ये आवाज मेरे लिए कुछ दो-दिन पहले से ही सुखद हुई है। इससे पहले इसका मूल्य मेरे लिए ना के बराबर ही था। वैसे भी भला ऐसी आवाज किसके लिए सुखद हो सकती है। खुशी इतनी ज्यादा थी कि उसका प्रतिबिंब मेरे चेहरे पर साफ था, और इस बात का मुझे कहीं तक कोई खयाल नहीं था। मैंने नजर उठाई, इधर-उधर झाँकना शुरू किया। मेरी आँखें सीधा जाकर मम्मी पर अटक गईं। उनके चेहरे के हाव-भाव से साफ था कि वो मुझे काफी देर से ध्यान में रखे थीं। मेरे चेहरे की खुशी उनके लिए थोड़ा अजीब और बेतुकी सी थी।

'भारतीय माँ के संदर्भ में एक बात कहूँ तो इनको विरासत में ये शक्ति प्राप्त है कि ये अपने बच्चों के चेहरे के हाव-भाव से सारी घटना का आकलन कर सकती हैं, और खास तौर पर तब जब वो अपने फोन को देखकर मुस्कुरा रहे हों।'

इस समस्या का निपटारा करने के लिए मैंने सबसे पहले अपने फोन को साइलेंट मोड में किया और अपने चेहरे और दिल के बीच एक कंक्रीट की दीवार खड़ी कर दी, जिससे खुशी के भाव मेरे चेहरे तक पहुँच ही नहीं पाएँ और मम्मी की जाँच-पड़ताल वाली शक्ति अनुपयोगी साबित हो जाए।

मैंने तृषा का संदेश पढ़ा–'क्या आपने भी उसी स्कूल से पढ़ाई की है? आप किस वर्ष बारहवीं पास हुए?'

मैंने जवाब में लिखा–'जी हाँ, मैंने भी उसी स्कूल से पढ़ाई की है, मैं 2018 बैच का पास-आउट हूँ।'

इस बीच मेरी मम्मी, जो मेरे बगल में खड़ी रोटी बना रही थीं, अब भी संदेह में थीं कि अचानक मेरे चेहरे के हाव-भाव परिवर्तित कैसे हो गए। उनके दिमाग के सारे तंत्र ये समझने में असफल थे। दिमाग पर ज्यादा जोर न देते हुए उन्होंने चिल्लाकर कहा–'खाना खाने आ जाओ, मेरे पास और भी जरूरी काम है, मोबाइल को देखकर मुस्कुराने और सोफे में बैठकर टीवी देखने से ज्यादा।'

बेशक, ये मोबाइल वाला तंज मुझ पर था, पर टीवी वाला मेरे पिताजी पर, जो क्रिकेट का मैच देख रहे थे और अंतिम ओवर के लिए काफी उत्साहित थे। पिताजी को अपना आखिरी ओवर का रोमांच छोड़ने का मन तो नहीं था, पर उनके बस में यह नहीं था। मैं, जो अपना फोन जकड़कर पकड़े हुए था ताकि तृषा का संदेश छूट न जाए, उसे भी मम्मी के लगातार तानों के बीच साइड में रखना पड़ा।

शाही खाना परोश दिया गया। कुछ खास नहीं–वही आलू की सब्जी, कुछ रोटियाँ जिनमें घी एहसान की तरह फैलाया था, और साइड में प्याज के कुछ टुकड़े, जो सलाद के नाम से जाने जा रहे थे। बेशक ये बाकी लोगों के लिए शाही न हो, पर मेरे जैसे हॉस्टल में रहने वालों के लिए शाही से एक प्रतिशत ही कम था। मेरे पास आज

खासतौर पर इतना समय नहीं था कि मैं इन बातों का आकलन कर पाऊँ। मेरा दिल-दिमाग सब कुछ बस तृषा के संदेश के इंतजार में व्यस्त थे।

मेरे खाने के अंदाज में भी आज कुछ अंतर था, और ये मेरे परिवार वालों को साफ महसूस भी हो रहा था, क्योंकि मैं, जो बाकी दिन भोजन के वक्त दुनिया की आधी से ज्यादा खबरें डाइनिंग टेबल पर ही डिस्कस कर लेता था, आज तिरछी आँखों से बस फोन की तरफ देखे था। क्योंकि 'टीन-टीन' वाली आवाज का तो मैं पहले ही गला घोंट चुका था, तो अब मेरे पास और कोई तरीका बचा नहीं था जिससे मुझे तृषा के संदेश की आहट सुनाई दे।

पिताजी ने मेरे इस व्यवहार को नजरअंदाज किया, क्योंकि क्रिकेट का अंतिम रोमांचक ओवर मेरे इस बदले हुए व्यवहार से अधिक जरूरी था। लेकिन माताजी के सब्र की सीमा थी, और वो सीमा टूटी, और वो गुस्से से बोल पड़ीं–'तू खाने की जगह फोन ही क्यों नहीं खा लेता, वो ज्यादा मीठा होगा। हॉस्टल के खाने की आदत जो लग गई होगी, घर का खाना तो बकवास ही लगेगा।' वाकई में, सच इसके ठीक विपरीत था, घर का ये खाना हॉस्टल से लाख गुण बेहतर था।

मैंने मुस्कुराने की कोशिश की ताकि मम्मी की नजरों से बच सकूँ, और अभी भी अपनी तिरछी आँख फोन पर जमाए रखूँ। सब कुछ फिल्मी सा था, लेकिन असलियत की फिल्म ऐसी होती है, मुझे इसका दूर तक कोई अहसास नहीं था।

भैंस के आगे बीन बजाने से क्या ही फायदा–इसी कहावत को समझकर मेरी मम्मी ने मुझसे अपना ध्यान हटाकर अपनी आलू की सब्जी में फोकस करना ज्यादा बेहतर समझा।

मेरी उम्मीद रंग लाई, लेकिन गलत समय पर। फोन का स्क्रीन पूरी रोशनी के साथ जग उठा। और इस रोशनी को देख मेरे मुँह का निवाला गले में ही अटक गया, और इस घटना का दृश्य मेरी मम्मी के गुस्से के बारूद पर माचिस की तीली के बराबर था। उन्होंने मेरे बगल में आराम कर रहे मेरे जिम्मेदार फोन को छीन लिया और बोलीं–'खाते वक्त तो इसे आराम दे दे, वरना ये फट जाएगा।'

मैंने समझदारी दिखाई और फिर से एक बार और मुस्कुरा दिया, जैसे मुझे कुछ फर्क ही न पड़ा हो। मैंने अपनी उत्सुकता को जैसे-तैसे नियंत्रित करने की कोशिश की और खाने को दोगुनी रफ्तार से खाना शुरू किया। मुझे बिल्कुल समझ नहीं आ रहा था कि मैं ऐसी बेवकूफी क्यों कर रहा था, पर मैं कर रहा था और मुझे ऐसा करते हुए अत्यंत मजा भी आ रहा था।

'प्रेम में भूख नहीं लगती, प्रेम में नींद उड़ जाती है–ऐसी बातें, जो मैं बचपन से सुनता आ रहा था, जिन्हें मैं फालतू समझता था, वो आज मुझे किसी अलग से एहसास की ओर बढ़ा रहा था। भूख न लगने वाला प्रयोग तो मेरे साथ हो चुका था और मैं, उसे सिद्ध होते हुए भी देख चुका था, लेकिन नींद वाली बात का सिद्ध होना बाकी था,

और जिस तरीके से चल रहा था उसका सिद्ध हो जाना भी जल्द था।'

खाना खत्म करके और हजार मिन्नतों के बाद मैंने अपना फोन कैद से छुड़ाया और तृषा का जवाब देखा–'आप क्या करते हो? आप कोई एम्प्लॉयी हो या स्टूडेंट?'

ये कुछ पंद्रह मिनट पहले का संदेश था और डबल टिक। *'हे भगवान, कैसे कोई अपना फोन ऐसे लावारिस छोड़ सकता है, वो भी ऐसे महत्वपूर्ण टाइम पर जब प्रेम का जन्म हो रहा हो। कोई कैसे इतना लापरवाह हो सकता है? तृषा क्या सोच रही होगी कि मैं कोई मीटिंग में फँसा हुआ हूँ या मुझे उसके जवाब की कोई परवाह नहीं है?'* दुनिया का सारा दोष लेकर मेरा मन चिंतित हो रहा था।

मैंने सबसे पहले क्षमा माँगी–'सॉरी, मैं डिनर कर रहा था, मैंने आपका संदेश नहीं देखा।'
'मैं अभी बीटेक की पढ़ाई कर रहा हूँ, मेरा अभी पाँचवा सेमेस्टर चल रहा है, जल्दी ही मेरा प्लेसमेंट लग जाएगा।'

जिस आत्मविश्वास से मैंने ये कहा था कि मेरा प्लेसमेंट लग जाएगा, वो बस तृषा के लिए एक इशारा मात्र था कि मैं भविष्य में बेरोजगार नहीं रहूँगा, बाकी मैं कोई भविष्य नहीं जानता था।

तृषा ने जवाब दिया–'अच्छी बात है, बीटेक किस कॉलेज से कर रहे हैं?'

IIT से काश कह पाता, लेकिन मुझसे जो दो बार JEE Mains क्लियर नहीं हो पाया था, IIT नाम की गाड़ी पकड़ना कहाँ मेरे बस की बात थी। इसलिए मैंने सच ही बोल दिया–'यहीं देहरादून में एक टॉप कॉलेज है, उसी से कर रहा हूँ।'

'अच्छा, JEE Mains नहीं ट्राय किया था क्या?' तृषा ने पूछा।

सच घूम-फिर कर सामने आ ही गया। इस JEE Mains ने मेरा पीछा न तब छोड़ा था और न आज छोड़ रहा। अगर मैं तृषा को कहूँगा कि मैं दो बार फेल हुआ था, तो वो मुझे कहीं लूज़र न समझ बैठे, और आजकल के टाइम पर लूज़र से लोग दोस्ती न करें, प्यार क्या ही खाक करेंगे। इसलिए मैंने जवाब दिया–'नहीं, मैंने JEE ट्राय नहीं किया, क्योंकि मैं उन दिनों पुलिस की तैयारी कर रहा था। बीटेक मेरा सेकंड ऑप्शन था।'

झूठ में दम था, तृषा उसे बिल्कुल नहीं पकड़ पाई। उसने एक इमोजी के साथ अपना अगला सवाल दागा–'आप मुझे कैसे जानते हैं? स्कूल में प्रार्थना गाने के अलावा, किसी और तरीके से भी क्या?'

तृषा के हर सवाल का सकारात्मक जवाब जो देना था, चाहे वो एक को एक से मिलाकर उसे तीन कहे, तब भी उसे सही बोलना था।

और ये मेरे जिंदगी की सबसे बड़ी गलती साबित हुई–ये बात आपको बाद में समझ आएगी।

'हाँ, मैंने आपके बारे में बहुत सुना था। आपकी बहुत तारीफ सुनी थी, आप पढ़ने में भी काफी तेज थीं, और आपकी आवाज–वो तो कौन नहीं जानता।'

ये मैंने झूठ बोला, मुझे तृषा की शक्ल और उसकी प्रार्थना गाने के अलावा उसके बारे में कुछ नहीं पता था, उसके पढ़ने में अच्छी होने वाली बात बस एक अनुमान मात्र थी।

उसने फिर स्माइल करने वाला एक इमोजी भेजा, शायद ये मेरे उसकी तारीफ के बदले अभिवादन स्वरूप था।

'तुम कहाँ रहते हो?' तृषा ने पूछा।

'मैं यहीं कसौली में रहता हूँ, तुमसे कुछ बीस किलोमीटर दूर ही।' मैंने तुरंत जवाब दिया। दूरी लिखने का ये कारण था कि अगर भविष्य में हमारा विवाह हुआ, तो उसे दुल्हन के जोड़े में ज्यादा इंतजार नहीं करना पड़ेगा।

इसी तरह हमारी एक-दूसरे से एक-दो दिन बातें होती रहीं। हमने एक-दूसरे के बारे में जाना। एक-दूसरे की सोच और व्यक्तित्व को

भरपूर सराहा, जो इतने कम समय में करना मुश्किल था, पर हमने कर लिया।

बात करते-करते शायद तीसरा-चौथा दिन था, जब तृषा ने पूछा– 'तुम्हारी शादी हो गई है? या आपने शादी के लिए लड़की देख ली होगी?'

पहला सवाल तो साफ था, लेकिन ये क्या बात हुई कि आपने लड़की देख ली होगी। इस बात से मुझे एक पल के लिए ऐसा भाव आया कि कहीं-न-कहीं तृषा की ये आशा है कि मैं 'ना' में उत्तर करूँ। शायद उसने गुड होप में अपने दोनों फिंगर्स क्रॉस भी किए हों।

मैंने काव्य ढंग से जवाब दिया–'जी नहीं, मेरी कोई शादी नहीं हुई, न ही मैंने कोई लड़की देखी है। मैं पानी की तरह बिल्कुल साफ हूँ। आप अपना बताइए?'

मन में पूरी उम्मीद रखी कि वो भी कह दे कि मैं भी सिंगल हूँ। मैंने अपने फिंगर्स जरूर क्रॉस किए थे।

तृषा का जवाब आया–'मैं भी सिंगल ही हूँ, अभी से शादी कौन करेगा।'

इसके बाद मैंने सीधा पूछताछ वाला मोड ऑन किया, लगातार एक के बाद एक सवाल दागे। हर जवाब के साथ मुझे तृषा अपने लिए

बेस्ट चॉइस लगने लगी। मेरा मन, आत्मा, दिल सब चीख-चीख कर चिल्लाने लगे–हाँ, यही वो लड़की है जिसके साथ तुझे जिंदगी बितानी है।

उस समय उसकी बातें, व्यवहार और सोच मुझे मेरी सोच की कार्बन कॉपी सी लगी। मेरी मर्जी तो साफ थी, लेकिन तृषा का मन जानना भी जरूरी था। इसलिए मैंने तृषा की मनोभावना के बारे में पूछा कि वो अपने लिए किस प्रकार के लड़के का चयन करेगी।

तृषा ने उत्तर दिया–'दिखने में सुंदर हो, मुझे हमेशा प्यार करे, हमेशा मेरी परवाह करे, बाहर शहर में रहता हो, मुझे बंदिशों में न बाँधकर रखे, मुझे आजादी दे।' और भी बहुत सारी चीजें, जो अक्सर सभी लड़कियों में एक समान ही होती हैं।

मैंने इस संदेश को दो बार पढ़ा, मन में सारे जोड़-भाग किए और खुद को उन सारी शर्तों में कामयाब पाया, सिवा एक के–कि शहर में रहने वाला होना चाहिए।

मैंने संदेश का जवाब दिया और साथ में चार-पाँच इमोजी भी भेज दिए, ताकि अगर प्रस्ताव ठुकरा दिया जाएगा तो खुद की इज्जत बचाने के लिए ये तो कह सकूँ कि मैंने तो मजाक किया था।

'मैं तो ये सारी शर्तें पूरी करता हूँ, एक ये कि मैं अभी गाँव में रहता हूँ, पर जल्द ही बाहर शिफ्ट कर लूँगा। पर आपको बाहर क्यों रहना है? गाँव में रहना भी तो अच्छा है।'

'सबका अपना-अपना सोचना है। मुझे तो बाहर ही रहना है, मेरा यहाँ कसौली में मन नहीं लगता। बाहर का माहौल ज्यादा बेहतर है।' उसने बेरुखी से जवाब दिया।

ये बड़ी गजब बात है, जन्मभूमि में किसका मन नहीं लगता? लोग तो हमेशा अपनी जन्मभूमि की तरफ भागते हैं, और तृषा को वहीं से दूर जाना है।

'हाँ, आप सही कह रहे हो, बाहर रहना ज्यादा बेहतर है, शहर का माहौल तो गाँव से बेहतर ही होता है।' मैंने अपनी सोच पर पट्टी बाँधकर उसकी 'हाँ' में 'हाँ' मिलाना जारी रखा। सच ये है कि उसका गाँव छोड़कर बाहर रहने वाला प्लान मुझे बिल्कुल गलत लगा।

उसके बाद कई दिन तक हमारे बीच बहुत सारे मुद्दों पर बातें हुईं। उन पर हस्ताक्षर हुए, भविष्य के लिए बहुत सारे वादे किए गए और कुछ को भविष्य पर ही छोड़ दिया गया।

अंततः हम उस जगह पहुँच गए, जहाँ मैंने वर्चुअली घुटनों के बल बैठकर हाथ में गुलाब लेकर तृषा को प्रपोज किया–'आई लव यू, विल यू मैरी मी'।

इस तरह मैं घुटनों के बल पहले कभी नहीं बैठा था, पर प्रेम के लिए ये करना पड़ता है, यही आजकल के समय की मान्यता है। मैंने उस मान्यता को बनाए रखा।

हम मिडिल क्लास लड़कों में एक खासियत होती है—जब हम प्रेम करते हैं, तो पूरे दिल से करते हैं और खुद को पूरी तरह उस इंसान को समर्पित कर देते हैं, जिसे हम चाहते हैं। धोखा देना और टाइम-पास करना हमारी डिक्शनरी में नहीं होता। मैंने भी वही लव मैरिज वाला रास्ता चुना और खुद को तृषा के लिए समर्पित करना चाहा। मैंने तृषा की भाषा, सोच और नीति को अपनाने का मन बनाना चाहा। शहर पर घर बनाने वाली बात पर मुझे अब कोई आश्चर्य नहीं होता था।

पर वो कहते हैं ना, लड़कियों की एक आदत होती है—वे सौ प्रतिशत परफेक्शन में भी कमियाँ ढूँढ ही लेती हैं। तृषा की भी अभी वही हालत थी। तृषा “लव डील” साइन करने के लिए तैयार थी। पेन में तो पूरी इंक थी, लेकिन उसका हाथ रुक रहा था। उसके मन में अब भी कुछ झिझक थी, जो उसकी बातों में नजर आ रही थी।
उसकी इस झिझक को देखकर मैंने पूछा, “क्या हुआ? कोई और समस्या है?”

उसने जवाब दिया, “हाँ। मैं पाबंदियों में नहीं जीना चाहती। मैं आज़ादी में जीना चाहती हूँ। मैं जो चाहूँ वो करना चाहती हूँ, जो चाहूँ

वो पहनना चाहती हूँ। मुझे मेरी सोच और इरादों में कोई विरोध पसंद नहीं है।"

आजकल के युवाओं ने "आज़ादी" का मतलब ही गलत समझ लिया है। आज़ादी का ये मतलब कैसे हो सकता है कि मैं जो सोचूँ वही सही हो और उसका कोई विरोध न हो। बेशक मनुष्य के भावनाओं और विचारों की आज़ादी होना जरूरी है, पर सिर्फ मेरी सोच बेहतर और आज़ाद हो–ये तो कोई तर्क ही नहीं है। एक आदर्श इंसान को दूसरे के विचारों को भी समझना चाहिए और अपनी गलत विचार पर विरोध को भी स्वीकार करना चाहिए, ताकि एक सफल समाज और व्यवहार की नींव रखी जा सके।

मैंने कहा, "मुझे तुम्हारी आज़ादी पर कोई रोक लगाने में दिलचस्पी नहीं है और न ही मैं ऐसा कुछ सोचता हूँ, लेकिन सीमाओं के अंदर की आज़ादी हमेशा बेहतर होती है। तुम उन सीमाओं के अंदर जो चाहो कर सकती हो, ताकि हम दोनों को किसी परेशानी का सामना न करना पड़े, और सबसे बड़ी बात, रिश्ते में बंधने के बाद आपको अपने साथी की भावनाओं के बारे में भी सोचना चाहिए।"

अपनी भावनाओं को थोड़ा संभालते हुए मैंने और भारी शब्दों में कहा, "तुम्हें पता है, मैं अभी गाँव में रहता हूँ। गाँव की संस्कृति तुम्हें थोड़ी कम आज़ादी दे सकती है। तुम्हें थोड़ा पारंपरिक कपड़े पहनने पड़ सकते हैं। गाँवों का माहौल शहर की अपेक्षा महिलाओं को कम

आज़ादी देता है, इस बात को तुम भी बेहतर तरीके से जानती हो, क्योंकि तुम भी अभी गाँव में रहती हो।"

उसने मेरी इतनी बड़ी बात में से सिर्फ कपड़ों पर ध्यान दिया, कपड़ों वाली बात सुनते ही उसने अपना चेहरा ऐसे फेर लिया जैसे कोई तेज रफ्तार रेसिंग बाइक अचानक लेन बदल लेती है।

उसने तुरंत पूछा, "पारंपरिक कपड़ों से तुम्हारा क्या मतलब है? क्या मुझे वेस्टर्न कपड़े पहनने की अनुमति नहीं होगी? क्या तुम्हारा परिवार और गाँव वाले इतने संकीर्ण सोच के हैं? मैंने भी ये चीजें वास्तव में अपने आस-पास देखी हैं, इसलिए मैं यहाँ से दूर जाना चाहती हूँ।"

अब जाके मुझे समझ आ रहा था की तृषा आखिरकार गावं छोड़ शहर में क्यू जाना चाहती है। यहाँ मैं सभी महिलाओं से एक सवाल पूछना चाहता हूँ–आप वेस्टर्न कपड़ों को इतना महत्व क्यों देती हैं? आप उन्हें पारंपरिक कपड़ों से ऊपर क्यों मानती हैं? ज्यादातर लड़कों की तरफ से कहूँ तो हमें वेस्टर्न कपड़ों से खास दिक्कत नहीं होती, पर पारंपरिक कपड़ों में हमें आप हजार गुना ज्यादा खूबसूरत लगती हैं।

मैंने जवाब दिया, "नहीं, नहीं, मेरा परिवार ऐसा नहीं सोचता। लेकिन तुम्हें हमारे यहाँ की संस्कृति के अनुसार थोड़ा एडजस्ट करना होगा। मैं वादा करता हूँ, जैसे ही हम शहर शिफ्ट होंगे, तुम्हारे सारे अधिकार वापस मिल जाएंगे।"

काफी देर सोचने के बाद वह मान गई, और उसने अंतिम हस्ताक्षर कर डील क्लोज कर दी। और हम दोनों एक रिश्ते में बंध गए। मनोवैज्ञानिक दृष्टिकोण से प्यार के मैं पहले चरण में था, ज़िसे आकर्षण के नाम से जाना जाता है। हमारा एक-दूसरे के प्रति खिंचाव प्रबल था। दिन भर एक-दूसरे की बातें सुनना, घंटों उन मुद्दों पर वार्ता करना, जिन मुद्दों का कोई खास वजूद ही न हो—खूब सारी हँसी-मजाक, यही दिन भर की दिनचर्या बन गई थी।

हमारे दिन "लव यू" और "लव यू टू" के अंतहीन आदान-प्रदान में गुजर रहे थे। हम टेलीकॉम कंपनी के अनलिमिटेड रिचार्ज ऑफर का पूरा फायदा उठा रहे थे, एक-दूसरे की पसंद-नापसंद जान रहे थे और एक-दूसरे की अच्छाइयों की तारीफ कर रहे थे। दोनों तरफ इतनी ऊँची अपेक्षाएँ बन चुकी थीं कि अगर वे कभी टूटीं, तो उनका असर टिहरी डैम के टूटने से भी बड़ा हो सकता था। लेकिन इस समय, जब सब कुछ इतना खूबसूरत लग रहा हो, तो भला बाढ़ जैसी हीन

भावना के बारे में सोचने का समय किसके पास होता है? हमें तो सब कुछ बस बसंत ऋतु की तरह हराभरा दिख रहा था।

हमारी दिन-प्रतिदिन बातें बढ़ती गईं। मैंने उसके परिवार के बारे में भी जाना और उसने मेरे परिवार के बारे में। उसका परिवार काफी बड़ा और जुड़ा हुआ था, लेकिन जिन मुख्य लोगों को मैं जानता था, वे थे–उसके पिता, जिनकी एक गिफ्ट की दुकान थी; भाई, जो उससे कुछ दो-तीन साल छोटा था और स्कूल में पढ़ता था; उसकी माँ, जो गृहिणी थी; और उसकी बचपन की दोस्त जान्हवी, जिसे मैं इन सब में सबसे ज्यादा जानता था।

हमारे प्यार के इज़हार के करीब एक हफ्ते बाद उसने पूछा, "क्या तुम्हारे परिवार वालों को हमारे बारे में पता है?"

मैंने 'ना' में सिर हिलाया।

उसने कहा, "क्यों? तुम्हें अब तक तो बता देना चाहिए था।"

उसके एक्सप्रेशन से मुझे ऐसा लगा जैसे मेरी उम्र बहुत पुरानी हो चुकी है और अब जाकर मुझे मुश्किलों से कोई लड़की मिली है, इसलिए मुझे तुरंत ऐलान कर देना चाहिए।

मैंने थोड़ा सोचा और कहा, "इसकी चिंता मत करो। मैं मम्मी से काफी फ्रेंडली हूँ–मैं उन्हें कभी भी बता सकता हूँ। जैसे ही मुझे सही लगेगा, मैं मम्मी को बता दूँगा।"

उसने उत्सुकता से पूछा, "अच्छा, और तुम्हारे पापा?"

मैंने अपने दिमाग में जवाब ढूँढा, लेकिन न मिलने पर कहा, "मम्मी संभाल लेंगी।"

तृषा ने फिर पूछा, "क्यों? तुम खुद क्यों नहीं बताते?"

इस सवाल का जवाब देने से पहले मैंने थोड़ा समय लिया, फिर मैंने हार मानते हुए साफ कहा, "मैं अपने पापा के साथ इतना फ्रेंडली नहीं हूँ। हमारे बीच वही पारंपरिक सख्त बाप-बेटे वाला माहौल है।"
ये कोई बहाना नहीं था, न ही इसका कोई गलत मतलब था।
पारंपरिक सख्त बाप-बेटे का होने का ये मतलब था कि आप सही

और युक्त बातों के लिए बाध्य होते थे। अनौपचारिक भाषा का प्रयोग वर्जित था।

उसने इस जवाब के बाद उस बात को कुछ यूँ नजरअंदाज किया जैसे कुछ पूछा ही न हो। बोली, "ठीक है, लेकिन ध्यान रखना कि तुम्हारी मम्मी उन्हें मना लें।"

मैंने हाँ में सिर हिला दिया। फिर मैंने भी बहती गंगा में अपने भी हाथ धो लिए–"तुमने किसी को बताया?"

उसने कहा, "हाँ, मैंने मम्मी और जान्हवी को बताया।"

मैंने पूछा, ये जान्हवी कौन है, तो उसने बताया कि जान्हवी उसकी बचपन की दोस्त है, जो उसके बारे में सब कुछ जानती है। मेरे मन में पहला ख्याल आया–अच्छा है, भविष्य में अगर तृषा मुझसे नाराज़ होकर मुझसे बात करना बंद कर दे, तो मैं जान्हवी के जरिए अपना मैसेज पहुँचा पाऊँगा।

उस ख्याल को फिलहाल नजरअंदाज करते हुए मैंने उत्सुकता से पूछा, "तो, तुम्हारी मम्मी ने क्या कहा?"

"मेरी मम्मी ने मेरी पसंद को प्राथमिकता दी। उन्होंने पूछा, 'लड़का क्या करता है?' मैंने जवाब दिया, 'अभी बीटेक की पढ़ाई कर रहा है, अभी पाँचवें सेमेस्टर में है, जल्द ही उसकी नौकरी लग जाएगी, यहीं

कसौली में रहता है; अभी गाँव में रहता है, लेकिन जल्द ही बाहर शिफ्ट हो जाएगा।'"

'अच्छा, तो प्राइवेट जॉब करेगा मतलब। तू देख ले, रहना तो तुझे ही है, मैं क्या ही कहूँ। सरकारी नौकरी वाला होता तो ठीक रहता'– उसकी मम्मी का कहना था।

अध्याय 3

सच कहूँ तो, भारत में मिडिल क्लास लड़कों के लिए सरकारी नौकरी एक ब्रह्मास्त्र जैसी होती है–इसके सहारे वे कोई भी स्वयंवर जीत सकते हैं। और इसमें कुछ गलत भी नहीं है; ज़्यादातर भारतीय परिवार चाहते हैं कि उनका दामाद सरकारी नौकरी वाला हो, चाहे वह निम्न वर्ग का कर्मचारी ही क्यों न हो। कई बार तो वे बड़ी-बड़ी कंपनियों के अधिकारियों को भी इसके सामने ठुकरा देते हैं। सरकारी नौकरी का ये जलवा प्राइवेट कंपनी में काम कर रहे कई सारे प्रेमियों के लिए ज़हर भरे कोबरा से कम नहीं है।

खैर, मेरे पास भी वह ब्रह्मास्त्र तो नहीं था, लेकिन इंजीनियर की हमारे समाज में कम इज्जत थोड़ी है। मेरी होने वाली सास को मैं पसंद आया या नहीं, ये तो पता नहीं, लेकिन मेरे बारे में तृषा द्वारा कही गई अच्छी बातें उन्हें जरूर पसंद आई होंगी, जिससे उन्होंने हाँ कर दी।

एक ग्रीन सिग्नल तो मिल चुका था, दूसरा वाला मिलना बाकी था, जो थोड़ा मुश्किल था। उसके परिवार में भी वही पारंपरिक बाप-बेटी

वाला सख्त माहौल था। हमने तय किया कि इन पारंपरिक सख्त लोगों को कैसे मनाना है, वो हम अभी भविष्य पर छोड़ देते हैं। यह सोचकर कि "जब दूल्हा-दुल्हन राज़ी हैं, तो और किसी के बस में क्या ही होगा।"

प्यार आगे बढ़ता रहा; दिन और महीने गुजरते गए। ऋतुएँ बदलती गईं, फसलें पकती गईं, पर हमारा सब कुछ बिल्कुल सही चल रहा था। प्यार के शुरुआती दौर में आप एक-दूसरे की कमियों पर कम ही ध्यान देते हैं, और अगर देते भी हैं, तो यह सोचकर नजरअंदाज कर देते हैं कि समय के साथ सब ठीक हो जाएगा। समय के साथ हम दोनों एक-दूसरे की कमी को पूरा करके एक आदर्श जोड़ा बना लेंगे।

मेरी छुट्टियाँ खत्म हो गईं। छुट्टियों के आखिरी दिन हमेशा थोड़ा अजीब लगने लगते हैं, मम्मी के ताने बंद हो जाते हैं, और पूरा परिवार आपको सेफ्टी इंस्ट्रक्शन्स देने लगता है जैसे – ट्रेन में किसी अजनबी से कुछ मत खाना, किसी से ज्यादा बात मत करना, अपना ध्यान रखना, फोन करते रहना और भी बहुत कुछ।

भारतीय परिवारों में माता-पिता की ये अंतिम पीढ़ी बची है, जिनका अपने बच्चों पर प्यार दिखाने का तरीका थोड़ा अलग होता है। साफ शब्दों में व्यक्त करने की बजाय, वे प्यार को कुछ इन शब्दों में

कहते हैं – इतने दुबले हो गए हो, ठीक से खाया करो, अपना ख्याल रखो। उनके लिए प्यार का मतलब है – खूब खाओ और मोटे-तगड़े हो जाओ, फिटनेस और डाइटिंग जैसी चीजों को तो वे वाहियात मानते हैं।

खैर, अगले दिन मैं सुबह जल्दी उठा। तैयार हुआ। तब तक मम्मी पाँच किलो मिठाई पैक कर चुकी थीं और अब भी बैग में अचार और घी रखने की जगह ढूंढ रही थीं। पापा एकदम अपने पूरे रोल में थे और बस ड्राइवर से ऐसे पूछताछ कर रहे थे जैसे आज से वह हमारे परिवार का स्थायी सदस्य बनने वाला हो।

लेकिन बस, जो कि आज दस मिनट पहले ही आ गई थी, जिससे पापा की पूछताछ अधूरी रह गई। पूरा परिवार मुझे छोड़ने सड़क तक आया। मेरा बड़ा बैग लगेज कंपार्टमेंट में रख दिया गया और छोटा बैग मैंने अपने पास रखा। बस चलने लगी और सबके चेहरे शांत हो गए, और एकटक मेरी खिड़की की तरफ अटक गए।

इस बार घर छोड़ना थोड़ा कम दुखद लग रहा था, क्योंकि अब मेरी ज़िंदगी में तृषा थी। और वक्त की तरह, जब मैं छुट्टी खत्म होने के बाद वापस जाता था, तब मुझे थोड़ा अजीब महसूस होता था, हालांकि वो अब भी हो रहा था, पर हमेशा से कम था। यह सोचते-

सोचते मुझे याद आया कि मैंने तृषा के “गुड मॉर्निंग” मैसेज का जवाब नहीं दिया है।

मैंने फोन चेक किया – कोई नया मैसेज नहीं था। राहत महसूस करते हुए मैंने टाइप किया, ‘गुड मॉर्निंग स्वीटहार्ट। मैं घर से निकल चुका हूँ, जब तुम उठ जाओ तो कॉल करना’।

मैं आगे से कुछ चार-पाँच सीट पीछे खिड़की वाली सीट पर बैठा था, बस में मेरे जैसे कुछ दस-बारह और लोग बैठे थे। बाहर का मौसम ठंडा था, ठंडी हवाएँ चल रही थीं, इसलिए सबने अपनी-अपनी खिड़कियाँ बंद कर रखी थीं, लेकिन मैंने अपनी खिड़की आधी खोलकर छोड़ दी और ईयरफोन निकालकर गाना सुनने लगा। सामने बैठी आंटी मुझे ऐसे घूर रही थीं जैसे मेरे ईयरफोन से डीजे की आवाज सीधे उनके कानों में जा रही हो।

मैंने आंटी को नजरअंदाज किया, खिड़की के बाहर देखा, तृषा के बारे में सोचा और गानों में खो गया। तभी एक लड़का मेरे पास आता है और कुछ बोलने लगता है, ईयरफोन की ज्यादा आवाज होने के कारण मैं सुन नहीं पाया। मैंने गाना बंद किया और उसे वापस दोहराने को बोला। उसने ऊँची आवाज में कहा, ‘भाई साहब, ये खिड़की बंद कर दीजिए, सबको ठंड लग रही है।’ सबकी नजरें मेरे ऊपर थीं। मैंने घबराकर उसी वक्त खिड़की बंद कर दी।

जब आप प्यार में होते हैं, तो गाने सुनते हुए अपने पार्टनर के बारे में सोचना एक अलग एहसास देता है। मैं यह आजकल के हिप-हॉप गानों के बारे में नहीं कह रहा, बल्कि उन पारंपरिक गानों की बात ही कुछ और होती है। उन गानों में गायक के शब्दों का चयन और गाने की कला वास्तव में एक अलग ही वाइब देती है। तृषा को भी इन्हीं गानों से दिलचस्पी थी।

मैं करीब शाम के सात बजे देहरादून पहुँचा और फिर वहाँ टैक्सी करके अपने पीजी चला गया। पूरे सफर में मैंने तृषा से खूब बातें कीं। घर से निकलने वाला गम तो घर से दूसरे या तीसरे मोड़ पर ही भूल गया था। हम दोनों में प्यार किसी एक्टिव बैक्टीरिया की तरह तेजी से फैल रहा था। इस बैक्टीरिया का कोई इलाज संभव नहीं था और न ही हम दोनों में से कोई इलाज चाहता था।

मैंने अगले दिन से कॉलेज जाना शुरू कर दिया। उसके बाद घर आकर असाइनमेंट, टास्क करने में, मैं व्यस्त होने लगा। तृषा को यह थोड़ा अजीब लगा, क्योंकि घर पर मैं जो उसके लिए पूरे दिन उपलब्ध था, अब यह लगभग एक-तिहाई हो गया था, बाकी का दो-तिहाई मैं अपनी पढ़ाई-लिखाई में व्यस्त रहता था। तृषा इस बात से नाखुश थी, पर उसने इसके ऊपर कोई खास प्रतिक्रिया नहीं की और समझदार होने का दिखावा किया।

कुछ दिन तक सब ठीक चला, लेकिन जैसे ही कॉलेज से एक एजुकेशनल ट्रिप पर जाने की बात आई, हमारे रिलेशनशिप के कुछ अनकहे नियम कमजोर पड़ने लगे। तृषा ने पहली बार प्रतिक्रिया करना शुरू किया। हमारी ये पहली बार छोटी-सी बहस हुई।

उसने कहा, "तुमने कहा था कि तुम मेरे बिना किसी ट्रिप पर नहीं जाओगे।"

"ये कोई मौज-मस्ती वाली ट्रिप थोड़ी है, ये एक एजुकेशनल ट्रिप है, इसमें हम कुछ सीखने और जानने के लिए जा रहे हैं," मैंने कहा।

मुझे भी प्यार के भरे तालाब में डूबे रहना अच्छा लगता था, लेकिन कॉलेज के कुछ नियम और आदेश होते हैं जिन्हें मानना पड़ता है। मैंने उसे समझाने की कोशिश की, लेकिन वह चुप रही और पाँच सेकंड बाद उसने कॉल काट दी।

यह पहली बार था जब हमारी बातचीत "मैं तुम्हारी बात मानता हूँ" से बदलकर "मैं तुमसे पूरी तरह असहमत हूँ" पर अटक गई थी। पहली बार तृषा मुझसे नाराज़ हुई थी, और उसके रूठने की वजह मेरी ट्रिप में जाने की मजबूरी थी। हम दोनों अपनी जगह सही थे, पर माहौल हम दोनों के खिलाफ था।

प्यार में रूठना-मनाना एक अलग ही एहसास होता है और यह प्रेमियों का एक हक भी है, यह प्रेम की डोर को मजबूत करता है। मुझे उसके नाराज़ होने से दिक्कत नहीं थी, लेकिन मेरी समस्या यह थी कि मुझे उसे मनाना नहीं आता था!

'मैं तृषा को कैसे मनाऊँ? क्या यूट्यूब या गूगल से पूछूँ? अगर यूट्यूब और गूगल का तरीका उसे पसंद नहीं आया तो? और उसने फिर भी माफ नहीं किया तो? अगर उसने फोन ही नहीं उठाया तो? कोई बात नहीं, जान्हवी एक ऑप्शन है! अरे, मेरे पास जान्हवी का नंबर ही नहीं है! अब इस डूबती हुई नाव को कैसे बचाऊँ? मैं इन्हीं ख्यालों में खो गया था।

तभी तृषा का कॉल आया। फोन देखकर मैं चौंक गया – 'ये क्या? मैंने तो अभी तक यूट्यूब भी नहीं खोला, कोई हल भी नहीं मिला और तृषा का फोन आ गया, अब क्या करूँ, अब उसे क्या कहूँ!'

मैंने कॉल उठाया। दो सेकंड तक दोनों तरफ से बस "हेलो? हेलो?" ही चलता रहा। ऐसा बिल्कुल नहीं था कि फोन में कोई खराबी थी, बल्कि आवाज़ दोनों तरफ से साफ आ रही थी, लेकिन लड़का-लड़की का ईगो पीछे हटने को तैयार नहीं था, इसलिए यह बेकार का हेलो-हेलो चलता रहा। आखिरकार, मेरा – एक लड़के का – ईगो हार गया।

मैंने पूछा, “आवाज़ आ रही है?”

उसने जवाब दिया, “हाँ, आ रही है।”

मैंने मन ही मन सोचा, *“अगर साफ आ रही है, तो लगातार हेलो-हेलो क्यों कर रही थी? कुछ और भी बोल सकती थी?”*

मैंने कहा, “शायद तुम्हें बुरा लगा? लेकिन तृषा, जाना मेरी मजबूरी है। उम्मीद है तुम इसे समझोगी। फिर भी अगर तुम्हें अच्छा नहीं लग रहा, तो मैं इमरजेंसी लीव लेने की कोशिश करता हूँ।”

नौजवानों में ईगो की भी अलग ही कहानी है। खुद को बेहतर मानना और अपने आप को सामने वाले से बेहतर दिखाए रखना एक जंग से कम थोड़ी है। इसके इलाज के रूप में अगर लड़का/लड़की “सॉरी” कह देता है, तो ईगो का बड़ा हिसा वहीं ढह जाता है, और बाकी का रहा हुआ छोटा भाग “लव यू स्वीटहार्ट” सुनकर खत्म किया जा सकता है।

मैंने भी इसी नियम का पालन किया और उसे सॉरी के साथ एक-दो अच्छी बातें तृषा को सुना दीं। उसने कहा, “ठीक है, तुम जाओ। लेकिन मुझसे जुड़े रहना, और जो भी हो रहा है, मुझे बताते रहना।”

मन में मैंने सोचा – मुझे अपने ऊपर एक कैमरा लगाकर तृषा के लिए लाइव स्ट्रीम ही शुरू कर देनी चाहिए।

अगला दिन रविवार का था। मुझे पता था तृषा देर से उठेगी, इसलिए उसे परेशान करने के बजाय मैंने एक छोटा सा "गुड मॉर्निंग" मैसेज भेज दिया। फिर यूँ ही अपने कम इस्तेमाल होने वाले फेसबुक अकाउंट को ऊपर-नीचे स्क्रॉल करने लगा। स्क्रॉल करते-करते सोचा, क्यों न आज मैं भी अपनी कोई एक अच्छी फोटो पोस्ट कर दूँ? मुझे भी कुछ लाइक्स और अच्छे कमेंट्स मिलने चाहिए। थोड़ा-बहुत तारीफ के तो मैं भी लायक हूँ।

मैंने एक फोटो पोस्ट की, कुछ दोस्तों को टैग किया और गूगल से एक शायरी चुराकर कैप्शन में डाल दी।

दो-तीन घंटे बाद जब मैंने देखा तो काफी पुराने स्कूल फ्रेंड्स ने मेरी उस पोस्ट को काफी सराहा, लाइक और कमेंट किया, और ऐसा करने वालों में कुछ लड़कियाँ भी थीं।

तृषा का मैसेज आया, लेकिन वह "गुड मॉर्निंग" का जवाब नहीं था। उसने लिखा, "तुम्हारी पोस्ट तो काफी वायरल हो रही है।"

मुझे समझ नहीं आया कि वह क्या कहना चाहती है, लेकिन मैंने आशावादी अंदाज में स्माइल इमोजी के साथ जवाब दे दिया और तृषा के जवाब का इंतजार करने लगा। मुझे कुछ न कुछ गड़बड़ होने

की बू आ रही थी, फिर भी मैंने खुद को सकारात्मक सोचने के लिए बाध्य किया।

प्यार का वह चरण शुरू होने वाला था जहाँ सीमाओं की रेखाएँ खींची जानी थीं। आसान शब्दों में कहें तो, यह वह समय था जब अनकही उम्मीदों को शब्दों में बदलकर एक-दूसरे की सीमाएँ तय की जाती हैं। और यह मौका मैंने ही तृषा को दिया – अपने उस फेसबुक पोस्ट के जरिए।

उस स्माइल इमोजी को ज्यादा अच्छा रिस्पॉन्स नहीं मिला। उल्टा मुझे ताने सुनने को मिले, "तुम्हें हर चीज मजाक लगती है। तुममें ज़रा भी मैच्योरिटी नहीं है। ऐसा लगता है जैसे तुमने मेरी तरफ अपनी सारी जिम्मेदारियाँ बेच दी हैं।"

मैंने मन ही मन सोचा – मैंने ऐसा क्या कर दिया कि मुझे ये सब सुनना पड़ रहा है? पूछने की हिम्मत तो नहीं थी, लेकिन किसी तरह घुमा-फिराकर मैंने पूछ ही लिया, "मैंने ऐसा क्या किया कि तुम्हें ऐसा महसूस हुआ, स्वीटहार्ट?"

ये स्वीटहार्ट, डार्लिंग जैसे शब्दों का बहुत सहारा होता था, खासतौर पर तब जब तृषा को मनाना हो। तृषा ने जवाब टाइप करने में लगभग तीस सेकंड लगा दिए। ऐसा लग रहा था जैसे स्क्रीन के पीछे

बैठकर वह मुझ पर फेंकने के लिए पत्थरों का ढेर इकट्ठा कर रही हो।

उसका जवाब साफ और तीखा आया, “मुझे तुम्हारा ऐसी फोटो पोस्ट करना पसंद नहीं है। तुम खुद को किसे दिखाना चाहते हो? क्या मैं तुम्हारे लिए काफी नहीं हूँ?”

मेरे मन में सवाल उठा – सिर्फ एक फोटो डालने पर इतने सारे मुद्दे कैसे हो सकते हैं? ऐसी मामूली सी बात से मैं अचानक गैर-जिम्मेदार, नासमझ और बेपरवाह कैसे बन गया? फिर भी, खुद के पाँव पीछे खींचते हुए मैंने कहा, “ठीक है, सॉरी। अगर तुम्हें पसंद नहीं है, तो मैं इसे डिलीट कर देता हूँ। और आगे से पोस्ट भी नहीं करूँगा।”

बिना गलती के माफी माँगकर मैंने तृषा को मेरी सीमा रेखा खींचने का पूरा मौका दे दिया – और उसने पेंसिल ली और लाइन खींच भी दी। फिर आई दूसरी डिमांड, “मुझे तुम्हारे दोस्तों का, खासकर लड़कियों का, तुम्हारी पोस्ट लाइक करना पसंद नहीं है।”
फिर से मैंने सॉरी कहा और उसे अपनी ही गलती मानकर स्वीकार कर लिया। अब सीमा रेखा दोबारा खींची गई – इस बार पेन से। फिर आई तीसरी डिमांड, “मुझे तुम्हारा किसी भी लड़की से दोस्ती रखना बिल्कुल पसंद नहीं है।”

यह एक भारी डील थी। इस डिमांड के मैं बिल्कुल खिलाफ खड़ा हो गया, बहुत सारी बहस भी हुई, लेकिन और क्या हो सकता था? आखिर में उसकी इच्छा ही हावी रही। मैंने अपनी सभी महिला मित्रों को ब्लॉक कर दिया। और खुद को ये कहकर समझ दिया की 'तृषा सही तो कह रही है, उसके होते हुए मुझे और किसी की क्या जरूरत है'।

अब मेरी सीमा रेखा मेरे सामने बिल्कुल साफ और चमकती हुई थी। तृषा ने अपनी सारी असुरक्षाओं को सुरक्षित रखने के लिए उसे पूरी सटीकता से खींच दिया था।

लेकिन मेरी असुरक्षाओं का क्या? शायद उनकी कोई अहमियत नहीं थी – आखिर मैं सिर्फ एक लड़का ही तो था। मैंने उसके लिए कोई सीमा रेखा नहीं खींची, ऐसा नहीं कि मेरे पास नापने का पैमाना नहीं था, बल्कि इसलिए क्योंकि मुझे भरोसा था कि जिन बातों के लिए वह मुझे गलत ठहरा रही है, वह खुद कभी वैसा नहीं करेगी।

इन सीमाओं के घेरे में मेरा फेसबुक अकाउंट जरूरत से ज्यादा प्रोफेशनल दिखने लगा। मेरे पुराने दोस्त गायब हो गए थे; जो बचे थे, वे ज्यादातर ज्योतिषी, वैज्ञानिक या दार्शनिक जैसे लगते थे।
ये प्यार की वह हथकड़ी है, जिसमें हर कपल बंध जाता है। लेकिन इस बार तृषा ने मेरे हाथों में हथकड़ी डाल दी और मेरे सारे वो रास्ते

बंद कर दिए, जो उसकी असुरक्षाओं को जरा भी छू सकते थे। मेरी जिंदगी के मैदान में इन सीमाओं के बनने के बाद, मैं थोड़ा और "फ्री" हो गया था, और तृषा इससे बहुत खुश थी। उसे इस बात से सुकून मिला कि मैंने बिना कोई सवाल किए उसकी तीनों मांगों पर साइन कर दिए।

प्यार में लोग इसे "म्यूचुअल अंडरस्टैंडिंग" कहते हैं, लेकिन मुझे यह समझ कम और मेरे अधिकारों का जबरदस्ती छिना जाना ज्यादा लग रहा था।

जैसा कि मैंने पहले कहा, मैंने उसके लिए कोई सीमा रेखा नहीं खींची थी। मुझे बस इतनी उम्मीद थी कि अगर उसे किसी बात पर मैं गलत लगता हूँ, तो वह खुद वैसा कभी नहीं करेगी।

लेकिन कहते हैं – अगर हर अपेक्षा सच हो जाए, तो दुनिया सिर्फ ज्योतिषियों के हाथ में ही चलती। ज्यादा कहावतों में घुसने की जरूरत नहीं है, बस मेरी ये उम्मीदें किसी भी पल टूटने वाली थीं।

जंग का बिगुल बजने वाला था। लेकिन आखिर ऐसा क्या हुआ जिसने मुझे वह बिगुल बजाने पर मजबूर कर दिया?

आखिर ऊपर लिखी लाइनों में आने वाली "जंग" का सस्पेंस उत्सुकता बढ़ाने के लिए पर्याप्त होगा। लेकिन उससे पहले, मैं तुम्हें एक बात

बताना भूल गया था। करीब दो महीने पहले, जब हमारा "लव डील" साइन हो रहा था – बिना किसी नियम और शर्तों को ठीक से पढ़े – तब उसमें एक क्लॉज शामिल किया गया था: हमें एक-दूसरे के सोशल मीडिया पासवर्ड शेयर करने थे।

मुझे नहीं पता इस क्लॉज को क्या नाम दिया जाए, लेकिन तृषा इसे "ट्रस्ट" कहती थी। उस दिन पासवर्ड्स एक्सचेंज हुए थे। और जैसा कि अब तक ऋषि के बारे में आप लोग थोड़ा जान चुके हैं – मैं काम में व्यस्त रहता या तृषा में डूबा रहता और लोगों पर आसानी से भरोसा कर लेता। इसी वजह से मैंने कभी तृषा का अकाउंट चेक नहीं किया, एक बार भी नहीं।

वहीं दूसरी तरफ, मेरा अकाउंट रेगुलर चेक होता था। लेकिन जब कभी कोई सबूत या गलती नहीं मिलती, तो यह बात कभी हमारी बातचीत का हिस्सा नहीं बन पाई।

उस दिन मैंने सोचा – क्यों न उस क्लॉज का इस्तेमाल मैं भी कर लूँ और तृषा का अकाउंट चेक कर लूँ। मैंने आईडी और पासवर्ड डालकर लॉगिन किया। मजेदार बात यह थी कि तृषा का पासवर्ड मेरा ही नाम था – "ऋषि"।

हाँ, ये वो दिन थे जब इंस्टाग्राम इतना पॉपुलर नहीं था; मेरे जैसे लोग अपना कीमती समय फेसबुक पर बर्बाद करते थे, और कपल्स अपना मैसेंजर पर। उस दिन भी मैं मैसेंजर के बजाय फेसबुक पर – वो भी तृषा के अकाउंट से – अपना कीमती समय बर्बाद करने आया था।

अब अगर तुम खुद को मैच्योर मानते हो, तो तुम्हें ये सब बेकार और बचकाना लग सकता है, लेकिन मेरे जैसे नए-नए प्यार में पड़े इंसान के लिए यह बहुत खास एहसास था।

आईडी और पासवर्ड डालने के बाद एक चीज आई – कैप्चा। आज तक मुझे इसका सही इस्तेमाल समझ नहीं आया। खैर, अपने कीमती दिमाग को ज्यादा परेशान किए बिना, मैंने बस अकाउंट के खुलने का इंतजार किया। हाँ, ये वो समय था जब शहरों में नया नया 4G आया था और गाँवों में 3G भी बड़ी बात मानी जाती थी।

आखिरकार अकाउंट खुल गया। होम पेज पर कुछ ज्ञान भरी पोस्ट थीं, कुछ बेकार बातें, कुछ नए-नए प्यार में पड़े लोगों की शायरी, और कुछ टूटे दिल वालों की उदासी भरी सलाह। थोड़ी देर ऊपर-नीचे स्क्रॉल करने के बाद मैं फ्रेंड रिक्वेस्ट सेक्शन में गया। और वहाँ जाकर मुझे एक बात साफ समझ आ गई – फेसबुक के दिवालिया न होने का सबसे बड़ा कारण लड़कियाँ हैं।

हजारों लड़कों ने सिर्फ इसलिए अकाउंट बनाया होता है ताकि वे किसी लड़की की फ्रेंड लिस्ट में आ सकें। उनके लिए सोशल मीडिया का मतलब बस इतना ही होता है। न उन्हें फेसबुक से और कोई उम्मीद होती है, न वे कुछ और चाहते हैं।

तृषा का अकाउंट भी कुछ अलग नहीं था। मैंने गिनती तो नहीं की, लेकिन अगर करता, तो उसकी फ्रेंड रिक्वेस्ट कम से कम हजार पार जरूर कर चुकी होती। क्या इन लोगों के पास कोई और काम नहीं है? आजकल की युवा पीढ़ी कितनी बेकार हो गई है! मैंने मन ही मन सोचा।

फिर अचानक मुझे याद आया – कभी मैं भी उस लिस्ट में 1001 नंबर पर था। खैर, अब जब मैं गेट के अंदर था, तो मुझे थोड़ा सुकून महसूस हुआ।

फ्रेंड रिक्वेस्ट की जांच पूरी करने के बाद मैं नोटिफिकेशन सेक्शन में गया। वहाँ ऊपर से करीब 6वीं या 7वीं नोटिफिकेशन पर मेरी नजर पड़ी –

"Hey Trisha, Rishi and 7 others recently uploaded a new post."

अचानक मुझे वही लक्ष्मण रेखा और वो सारे ताने याद आ गए, जिन्होंने मुझे गैर-जिम्मेदार और नासमझ साबित कर दिया था। घबराकर मैंने तुरंत नोटिफिकेशन सेक्शन बंद कर दिया। मैं सीधे प्रोफाइल सेक्शन में गया... और वहाँ जाकर ठहर गया।

जैसे ही मैंने तृषा की पीले सूट वाली तस्वीर देखी, मैं उसे देखता ही रह गया। फिर मैंने सोचा – उसके पास हजार फ्रेंड रिक्वेस्ट क्यों नहीं होंगी? इतनी प्यारी लड़की के लिए तो फेसबुक को उसे पैसे देने चाहिए। उसके एक अकाउंट की वजह से हजारों अकाउंट जिंदा हैं – इस उम्मीद में कि एक दिन वे भी उस गेट के अंदर आ पाएंगे।

नीचे स्क्रॉल करने पर वही बेसिक जानकारी मिली, जो आमतौर पर एक रिज़्यूमें में होती है। अब जब मेरी जांच पूरी हो चुकी थी, तो मैंने लॉगआउट करने का सोचा। तभी मेरी नजर एक आइकन पर पड़ी – एक गोल घेरा, जिसके अंदर बिजली का निशान था।

हाँ, वही... जहाँ कपल्स अपना कीमती समय बर्बाद करते हैं। मैं उसी मैसेंजर की ही बात कर रहा हूँ। मैंने उस महान आइकन पर क्लिक किया, और अचानक फोन की सारी रैम मुझे एक दूसरी विंडो में खींचकर ले गई। ऊपर कुछ प्रोफाइल्स थीं, जिन पर हरा डॉट था – वही लोग, जो इस वक्त अपना कीमती समय बर्बाद कर रहे थे।

नीचे स्क्रॉल करने पर तृषा की कुछ सामान्य चैट्स दिखीं – दोस्तों और रिश्तेदारों के साथ। और थोड़ा नीचे गया, तो अपनी ही चैट दिखी – लगभग एक महीने पुरानी, जब मैंने उससे उसका फोन नंबर माँगा था। उसके बाद हम दोनों ने मैसेंजर से “टीसी” ले ली थी sऔर व्हाट्सएप में “नया एडमिशन” ले लिया था।

लेकिन ऊपर-नीचे स्क्रॉल करते हुए अचानक मेरी नजर एक अजीब चीज पर पड़ी। एक अकाउंट था, जिससे रेगुलर चैट हो रही थी... आखिरी मैसेज बस एक-दो दिन पुराना था। यह किसका अकाउंट था? तृषा ने इसके बारे में कभी कुछ नहीं बताया था। मेरे दिल में अचानक शक और बेचैनी भर गई। दिल की धड़कन तेज हो गई और दिमाग में अनगिनत सवाल उठने लगे।

अध्याय 4

उसका नाम दीपक था। क्या यही वह दीपक था जो मेरी ज़िंदगी में अंधेरा लाने वाला था? मैंने दीपक के साथ की गई बात को शुरुआत से पढ़ना शुरू किया–वही आम "हाय", "हेलो", "कहाँ रहते हो?", "क्या करते हो?" वगैरह। अजीब बात यह थी कि जाँच दोनों तरफ से चल रही थी। मुझे एक पल के लिए ऐसा लगा जैसे यह फ्रेंड रिक्वेस्ट नंबर 1002 था, क्योंकि साफ दिख रहा था कि अब उस गेट के अंदर दीपक भी मौजूद था।

जितना मैं पढ़ता गया, उतना ही बुरा महसूस करता गया। इस एहसास को ही जलन कहते हैं, और मनोविज्ञान के अनुसार जितनी ज्यादा जलन, उतना गहरा प्यार। पता नहीं किस गणितीय नियम से मनोविज्ञान ने यह साबित किया है कि प्यार और जलन एक समीकरण की तरह संतुलित होते हैं, और पहली बार मुझे गणित पर ही शक होने लगा था।

हाँ, मुझे पता है कि बिना इजाज़त किसी की डायरी, चैट या निजी चीजें पढ़ना बिल्कुल गलत है, लेकिन जलन ने मुझे मजबूर कर दिया था। उनके हर स्माइली इमोजी के साथ मेरा दिल और ज्यादा दुखता जा रहा था।

फिर एक मैसेज था, जिसमें दीपक ने तृषा से उसका फोन नंबर माँगा। हालाँकि तृषा ने समझदारी से बात टाल दी और नंबर नहीं दिया, लेकिन यह मेरे लिए बहुत बड़ी चिंता की बात थी। मेरा दिमाग पहले से ही ऐसे सवालों से भरा हुआ था, जिनका कोई जवाब मुझे नहीं मिल रहा था।

इन दोनों की बात इतनी आगे बढ़ चुकी थी कि यह लड़का तृषा से उसका नंबर माँग रहा है–*क्या उसे यह मुझे बताना जरूरी नहीं लगा? क्या वह मुझे इतना भी काबिल नहीं समझती कि मुझे यह बात पता हो? या वह खुद को बहुत कूल समझती है? अगर हाँ, तो जब मैं कूल बनने की कोशिश करता हूँ, तो उसे दिक्कत क्यों होती है? उसने मुझे मेरे ही दोस्तों को अनफ्रेंड करने पर क्यों मजबूर किया?*

मेरे दिमाग के पास कोई जवाब नहीं था। जवाब न मिलने पर मेरे दिल में गुस्सा भर गया। गुस्से में मैंने तुरंत तृषा को कॉल किया। फोन बज रहा था–पुराने समय के किसी पॉपुलर रिंगटोन गाने के साथ। आधी रिंग के साथ ही तृषा ने कॉल उठाया और बोली, "हेलो।"

हालाँकि मैं अंदर से बहुत गुस्से में था, फिर भी मैंने नरमी से कहा, "हेलो, क्या कर रही हो?"
उसने जवाब दिया, "अभी लंच किया है।"

इतना गुस्सा होने के बावजूद मैंने उससे सामान्य तरीके से बात की, सिर्फ इसलिए ताकि उसकी मानसिक स्थिति समझ सकूँ। क्योंकि मैंने कहीं पढ़ा था कि अगर आप फोन पर किसी को कुछ ऐसा कहने वाले हैं जो उसे दुख पहुँचा सकता है, तो पहले उसकी मानसिक स्थिति समझ लेना जरूरी होता है। नहीं तो आपकी बात का असर गलत पड़ सकता है।

जब मुझे लगा कि उसकी मानसिक स्थिति ठीक है, तो मैंने धीरे से पूछा, "क्या तुम्हारे फेसबुक पर मेरे अलावा और भी कोई क्लोज फ्रेंड है?"
उसने कहा, "नहीं, ऐसा कोई खास नहीं। क्यों पूछ रहे हो?"

मैंने पूछा, "क्या तुम दीपक नाम के किसी लड़के को जानती हो?"
उसने फिर कहा, "नहीं।"

फिर मैंने सीधा सवाल किया, "क्या तुमने कभी फेसबुक पर दीपक नाम के किसी लड़के से बात की है?"
इस बार उसने जवाब देने में कुछ सेकंड लिए, फिर कहा, "नहीं, मैंने किसी ऐसे से चैट नहीं की।"

उसका एक और "नहीं" सुनकर मेरे अंदर का गुस्सा और भड़क गया। मैंने ऊँची आवाज़ में कहा, "तो तुम्हारी आईडी से दीपक नाम के लड़के से बात किसने की?"

उसने कहा, "रुको, मैं चेक करती हूँ।"

उसने फोन स्पीकर पर रखा और अपना फेसबुक खोला। तभी उसकी तरफ से अचानक "ओह शिट!" की आवाज़ आई। मुझे ऐसा लगा जैसे उस पर अचानक गिल्ट की एक लहर आ गई हो। शायद वह चैट डिलीट करना भूल गई थी। कारण कुछ भी हो सकता था, लेकिन जो भी था, वह मेरे गुस्से की आग में और घी डालने के समान था।

मेरे दिमाग में सवाल गर्म हवा की तरह घूम रहे थे, और गुस्से की आग और भड़क रही थी। मैंने पूछताछ शुरू की, "क्या हुआ? अब याद आ गया कि दीपक कौन है और कौन सी चैट की बात कर रहा हूँ?"

उसने कहा, "मैं उसे ठीक से नहीं जानती। बस ऐसे ही नॉर्मल बात हुई थी, मैं यह बात कब की भूल भी गई थी।"

मैंने पूछा, "क्या तुम ऐसे ही अजनबियों से बात करती हो? और क्या नंबर माँगना भी तुम्हारी 'नॉर्मल बात' का हिस्सा है?"

वह कुछ पल चुप रही, फिर बोली, “मैंने बस कैजुअली बात की थी। मुझे नहीं पता था कि वह नंबर माँग लेगा। मैंने उसे नंबर नहीं दिया।”

मैंने सख्ती से कहा, “वाह! तुमने नंबर नहीं दिया—क्या बड़ी उपलब्धि है! इसके लिए मुझे ताली बजानी चाहिए, है ना?”

उसने कहा, “तुम इतना ओवररिएक्ट क्यों कर रहे हो? मैंने कुछ इतना गलत भी नहीं किया।”

बस यहीं मैं पूरी तरह से फट पड़ा। मैंने गुस्से में कहा, “कुछ गलत नहीं किया? तुम कई दिनों से किसी से बात कर रही हो और एक बार भी तुम्हें लगा नहीं कि मुझे बताना चाहिए? और अब भी तुम्हें इसमें कुछ गलत नहीं दिख रहा? तुम्हें अभी भी सब सही लग रहा है? अगर तुम इतनी कूल हो, तो मुझे अपने दोस्तों को ब्लॉक करने के लिए क्यों मजबूर किया?”

अब तृषा समझ चुकी थी कि इस बार मैं अपने शांत स्वभाव में नहीं हूँ। उसने माहौल हल्का करने की कोशिश की और कहा, “छोड़ो ना, आगे बढ़ते हैं। आज तुमने क्या खाया?”

मैंने उसके खाने वाले सवाल को नजरअंदाज करते हुए कहा, “खाने को जाने दो। पहले यह बात खत्म करो। खाने की बात करके बात को बदलो मत।”

तृषा ने तुरंत कहा, “यह कैसा ड्रामा कर रहे हो तुम? तो क्या हुआ अगर मैंने किसी से बात कर ली? मैं इंसान हूँ और मैंने एक इंसान से बात की है—इसमें गलत क्या है?”

उसकी यह बात मुझे अंदर तक चुभ गई। मुझे सिर्फ उसका किसी से बात करना नहीं, बल्कि उसे छुपाना और अब भी उसे गलत न मानना ज्यादा दर्द दे रहा था। जो भरोसा मैंने बनाया था, जो लक्ष्मण रेखा उसने मेरे लिए खींची थी—आज मुझे उसकी असली कीमत समझ आई। काश उस दिन मैंने उसके लिए वैसी सीमा क्यों नहीं बनाई?

मेल ईगो की बात करें तो वह बहुत मजबूत होता है, और तब जब प्यार की बात हो, वह अपने प्यार में एक प्रतिशत भी समझौता नहीं कर सकता। मुझे यह बात नहीं चुभी कि तृषा ने किसी से बात की, मुझे यह चुभा कि उसने इसे मुझसे छुपाया, और अब भी उसे कोई पछतावा नहीं था। मैंने तय किया कि अब इस बात को और नहीं बढ़ाऊँगा।

मैंने कहा, "मुझे तुमसे अभी कोई बात नहीं करनी।" फिर मैंने चुपचाप कॉल काट दिया, फोन बंद किया और उस दर्द के साथ सोने चला गया। नकारात्मक विचार मेरे दिमाग में तूफान की तरह घूमते रहे और मैं उन विचारों से पैदा हुए दर्द को महसूस करता रहा, जब तक कि आखिरकार मेरी आँख लग नहीं गई।

अचानक मेरी आँख खुली। मैं घबराकर फोन की तरफ भागा और देखा, मुझे सोते-सोते तीन-चार घंटे बीत चुके थे। मैंने खुद से पूछा– *क्या मैं सच में इतना गुस्से में था कि फोन ही बंद कर दिया? तृषा कितनी परेशान हुई होगी। उसने कितनी बार कॉल किया होगा, कितने मैसेज किए होंगे।*

इसी सोच और हल्के से गिल्ट के साथ मैंने तुरंत फोन ऑन किया और व्हाट्सएप खोला–इस उम्मीद में कि उसने अपनी गलती समझ ली होगी और ढेर सारे मैसेज करके माफी माँगी होगी या बात संभालने की कोशिश की होगी।

लेकिन वहाँ कुछ भी नहीं था। एक भी मैसेज नहीं। मुझे बहुत अजीब लगा। एक "सॉरी" तक नहीं? ऐसा कैसे हो सकता है? मुझे लगा शायद व्हाट्सएप में कोई दिक्कत है। मैंने उसे रीस्टार्ट किया... फिर भी कुछ नहीं।

अब जो गुस्सा नींद में थोड़ा ठंडा हो गया था, वह दोगुनी ताकत से वापस आ गया। मैंने सोचा–गलती उसने की, और बुरा मानने की जगह वह घमंड दिखा रही है?

मैंने थोड़ी देर और इंतजार किया। शायद वह कॉल करे, शायद "सॉरी" बोले और बात शुरू करे। लेकिन कुछ नहीं हुआ। गुस्से और झुंझलाहट में मैंने खुद ही कॉल कर दिया। मैंने खुद से कहा, इस बार गुस्से को कंट्रोल करूँगा और शांत रहकर बात करूँगा।

उसने चार-पाँच रिंग के बाद कॉल उठाया और बड़े कैज़ुअल अंदाज़ में बोली,
"तो? फोन ऑफ वाला ड्रामा खत्म हो गया? शांति मिल गई?"

मैंने खुद को शांत रखते हुए पूछा, "जब मेरा फोन बंद था, तब तुमने कॉल करने की कोशिश की थी?"

उसने बहुत सामान्य तरीके से कहा, "हाँ, एक बार किया था। बंद था, तो फिर दोबारा नहीं किया।"

मेरे मन में तुरंत ख्याल आया–देख लो, इतनी अहमियत है मेरी उसकी जिंदगी में।

मैंने पूछा, "तो तुम्हें अपनी गलती का एहसास है?"
वह बोली, "गलती? कौन-सी गलती? मैंने कुछ गलत नहीं किया। मैं

इंसान हूँ, मैंने एक इंसान से बात की। दिक्कत तुम्हारी सोच में है। मैंने पहले ही कहा था—मुझे ऐसी पाबंदियाँ पसंद नहीं हैं।"

मैंने खुद को शांत करने के लिए गहरी साँसें लेने की कोशिश की, लेकिन कोई फायदा नहीं हुआ।

मैंने कहा, "अगर तुम्हें पाबंदियाँ पसंद नहीं हैं, तो तुमने मुझ पर क्यों लगाईं?"
वह अभी भी पूरे एटीट्यूड में बोली, "कौन-सी पाबंदियाँ? बताओ।"

मैंने कहा, "तुमने कहा था कि फेसबुक पर पोस्ट मत करो, किसी लड़की से बात मत करो, सबको ब्लॉक कर दो।"

वह बोली, "मैंने इसलिए कहा था क्योंकि मुझे पसंद नहीं था। तुमने खुद ब्लॉक किया। अब मुझ पर झूठा इल्ज़ाम मत लगाओ।"

उसकी हर बात जैसे जले पर नमक छिड़क रही थी। फिर भी मैंने खुद को संभालते हुए कहा, "ठीक है। अगर तुम्हें कूल बनना है, तो बनो। मैं भी कूल बनता हूँ। मैं भी अपनी फीमेल फ्रेंड्स से बात करना शुरू कर दूँगा।"

वह कुछ सेकंड चुप रही, फिर बोली, "ठीक है। जो करना है करो। लेकिन अब इन बातों पर मुझसे बहस मत करना।"

मैंने कहा, "ठीक है।"

लेकिन अंदर से मेरा मन असुरक्षा और गुस्से से भरा हुआ था–जैसे लावा उबल रहा हो। और लावे की आग प्रबल थी। मैं फिर से फट पड़ा और कहा, "ठीक है, जो करना है करो। मुझे अभी तुमसे बात नहीं करनी।" और मैंने फिर कॉल काट दी।

मेरे मन में आया–इतना एटीट्यूड? वह भी गलती करने के बाद?

अब मैं उससे बात नहीं करूँगा। अगर कुछ ठीक करना है, तो वही करेगी। मैं कॉल नहीं करूँगा। अपने मेल ईगो को बचाने के लिए मैंने तय कर लिया कि मैं उसे कॉल नहीं करूँगा।

लेकिन हर गुजरते मिनट के साथ वह ईगो कमजोर पड़ने लगा। मेरा गुस्सा, मेरे सिद्धांत–सब पानी में नमक की तरह घुलने लगे। कुछ घंटों की बेचैनी के बाद मैं खुद को रोक नहीं पाया। मेरे अंदर का "मर्द" मुझे रोक रहा था, लेकिन अंदर का "आशिक" हार मान चुका था।

मैंने तृषा को कॉल किया। भीतर सब कुछ चिल्ला रहा था कि 'मत कर'। लेकिन जैसे ही उसने फोन उठाया, मैंने कहा–"सॉरी, मेरी गलती थी। मुझे तुमसे ऐसे बात नहीं करनी चाहिए थी। तो क्या हुआ

अगर तुमने किसी से बात कर ली? ये तुम्हारी पसंद है। तुम जो चाहो कर सकती हो।"

यह "सॉरी" कितना छोटा या आम लग सकता है, लेकिन एक दिन मैं समझने वाला हूँ कि यही "फ्री का सॉरी" मुझे पूरी तरह से तोड़ने वाला है। मुझे सीखाने वाला है कि *अगर गलती न हो, तो मुफ्त का "सॉरी" सामने वाले के लिए भी खतरनाक साबित हो सकता है।*

प्यार की मीठी-मीठी नोकझोंक पहले की तरह चलती रही, लेकिन अब एक फर्क आ चुका था–अब वह शांति पहले जैसी नहीं रही थी। उस दिन तृषा को कहे उस "फ्री वाले सॉरी" के बाद मेरा ईगो भी कहीं न कहीं चोट खा चुका था। अब मैं छोटी-छोटी बहसों से बचने के बजाय उनमें बराबरी से हिस्सा लेने लगा था। हाँ, बाद में चुप रहने वाला अक्सर मैं ही होता था, लेकिन अब मैंने "अच्छा लड़का" बनने की कोशिश करना थोड़ा कम कर दिया था।

समय बीतता गया–धीरे-धीरे दोनों ओर की अपेक्षाएँ टूटती रहीं, छोटी-मोटी लड़ाइयाँ होती रहीं, लेकिन कुछ समय बाद हम दोनों फिर ऐसे व्यवहार करने लगते जैसे हम दुनिया के सबसे बेहतरीन जोड़े हों। और उस बात का मान रखते हुए, जिसमें हमने कहीं सुना था कि प्यार को ताज़ा बनाए रखने के लिए बीच-बीच में छोटी बहसें ज़रूरी होती हैं।

सब कुछ ठीक-ठाक चल रहा था, तभी एक और नई चीज़ सामने आ गई। वह कहते हैं ना–प्यार की नाव को किनारे तक पहुँचाना आसान नहीं होता। हमारी वही नाव ठीक चल रही थी, तभी अचानक सामने एक बड़ा तूफान आ गया।

मुझे नहीं पता था कि यह तूफान हमारे प्यार की परीक्षा लेने आया है या हमारी ज़िंदगी में स्थायी परेशानी लाने। इस तूफान का नाम था–"कुंडली मिलान।"

उस दिन तृषा ने कहा, "मम्मी कह रही थीं कि हमें अपनी कुंडली मिलवा लेनी चाहिए।"

मैं चौंक गया–"कुंडली? किस लिए?"

तृषा ने जवाब दिया, "मम्मी कह रही हैं कि एक बार चेक करवा लेते हैं और सब कुछ ठीक से सेट कर लेते हैं। उसके बाद सही समय आने पर मैं तुम्हारे घरवालों को और बाकी सबको बता दूँगी।"

ये कौन-सी नई मुसीबत है यार? मैंने कुछ सेकंड सोचा और मान गया–मुझे लगा यह बस एक औपचारिकता होगी। आखिर हमारी कुंडली तो मिल ही जाएगी। उनमें मिलने में क्या ही प्रॉब्लम हो सकती है।

अब यहाँ एक और जरूरी बात–मैं और तृषा एक ही जाति, के थे। हमारे दोनों परिवार ब्राह्मण थे। बचपन से हमने हर रीति-रिवाज को पूरी श्रद्धा और अनुशासन के साथ होते देखा था। हमारे परिवारों की नजर में हर परंपरा बिल्कुल सही होती थी–उससे बाहर कुछ भी स्वीकार नहीं था। कुंडली मिलान भी उन्हीं पवित्र परंपराओं में से एक था।

हमारे परिवारों के अनुसार, किसी भी रिश्ते की शुरुआत के लिए कुंडली का मिलना पहली शर्त थी। उसके बाद ही रिश्ते का पौधा आगे बढ़ सकता था, वरना उसे जड़ से उखाड़कर फेंक दिया जाता था। हम दोनों को अपने परिवारों की इस सख्ती का पता था, फिर भी हमने कभी “कुंडली मिलान” को इतनी गंभीरता से नहीं लिया।

मैंने उससे कहा, “ठीक है, करवा लेते हैं। पूछो कहाँ करवाना है।”

वह थोड़ी समझदारी दिखाते हुए बोली, “पागल, मम्मी को बताने से पहले किसी लोकल पंडित जी से चेक करवा लो। अगर कोई छोटी-मोटी दिक्कत हुई, तो हम दोनों पहले ही ठीक कर लेंगे।”

मतलब तृषा का कहना था–जब उसकी मम्मी तक फाइनल रिपोर्ट पहुँचे, तब तक सब कुछ सही होना चाहिए। मुझे भी तृषा की ये बात सही लगी

मैंने कहा, “ठीक है, तुम ही किसी पंडित जी के पास जाकर मिलवा लो।”

उसने तुरंत मना कर दिया, “नहीं, मैं तुम्हें पंडित जी का नंबर देती हूँ, तुम ही बात करके करवा लो। मैं लड़की होकर कैसे यह कर सकती हूँ।”

बाकी चीजों में तृषा ने “मैं लड़की हूँ, मैं यह कैसे कर सकती हूँ” कभी नहीं कहा; जिन जेंडर इक्वैलिटी की बात वो करती थी, वह यहाँ कैसे ढेर हो जाता था। हमेशा की तरह, मेरे पास मानने के अलावा कोई विकल्प नहीं था। मैंने उसे नंबर भेजने को कहा।

तृषा ने एक नंबर नहीं, बल्कि तीन-चार नंबर भेज दिए। मैं थोड़ा कन्फ्यूज हो गया और पूछा, “इनमें से किस विद्वान से संपर्क करूँ? सबसे ज्यादा ज्ञानवान कौन है?”

तृषा ने सामान्य अंदाज़ में कहा, “किसी से भी कर लो, सब ही अच्छे हैं।”

मैंने मन ही मन सोचा—क्या एक पंडित कुंडली मिलाने के लिए काफी नहीं था, जो इतने सारे ऑप्शन दे दिए! खैर, मैंने पहला नंबर उठाया और “नमस्कार” लिखकर मैसेज भेज दिया।

उधर मैं तृषा से फोन पर बात कर रहा था, इधर जवाब आ गया– "नमस्कार" के साथ एक पहले से टाइप किया हुआ मैसेज, जिसमें सर्विसेज और उनकी कीमतें लिखी थीं:

"कुंडली मिलान - ₹300, पूजा - ₹1000" और भी बहुत कुछ।

मैंने ज्यादा पढ़ने की जरूरत नहीं समझी और सीधे पहला ऑप्शन चुन लिया–"कुंडली मिलान।" जवाब तुरंत आ गया, जैसे पंडित जी मेरे मैसेज का ही इंतजार कर रहे हों–या शायद ₹300 का। जो भी हो, मुझे तो बस एक पॉजिटिव रिपोर्ट चाहिए थी, उनके सिग्नेचर के साथ।

पंडित जी ने पूछताछ शुरू कर दी, "कहाँ रहते हो? क्या करते हो? यह लव मैरिज है या अरेंज?"

उन्हें पहले से अंदाज़ा था कि छुपकर कुंडली मिलाना आमतौर पर लव मैरिज का ही मामला होता है, लेकिन फिर भी उन्होंने पुष्टि कर ली। मैंने उनके सारे सवालों के जवाब दिए। जवाब देते वक्त मुझे थोड़ा डर भी लग रहा था–कहीं ये पंडित जी कोई दूर के रिश्तेदार न निकलें और बाद में यह सब सार्वजनिक कर दें, शायद हमारी शादी में ही!

लेकिन मेरी चिंता से ज्यादा मेरी मजबूरी बड़ी थी–मुझे अपनी होने वाली सास को यह साबित करना था कि हमारी कुंडली भी हमारे रिश्ते को जन्म-जन्मांतर का साथ मानती है। सारी जानकारी लेने के बाद पंडित जी ने हम दोनों की कुंडली माँगी।

अध्याय 5

अब असली समस्या यह थी – मेरे पास न अपनी कुंडली थी, न तृषा की। अब असली चुनौती थी – बिना शक पैदा किए घरवालों से अपनी कुंडली मांगना। पर मेरे घरवाले किसी सीक्रेट एजेंट से कम नहीं थे – किसी भी छुपे हुए इरादे को तुरंत पकड़ लेते थे।

मैंने अपने दिमाग को तेजी से काम करने पर लगाया ताकि वह कोई तरीका ढूँढ सके। आखिर एक आइडिया आया – 'मैं कहूँगा कि मुझे बाइक खरीदने के लिए शुभ समय जानना है, इसलिए कुंडली चाहिए।' आइडिया परफेक्ट तो नहीं था, लेकिन उस समय वही एक रास्ता था।

मैंने तृषा को मैसेज किया, "पंडित जी कुंडली माँग रहे हैं। मेरे पास नहीं है, मैं घर से मांग रहा हूँ। तुम अपनी भेजो।"

फिर मैंने घर पर कॉल किया। पापा ने फोन उठाया, और उनकी आवाज़ सुनते ही मेरा आधा कॉन्फिडेंस गायब हो गया। उन्होंने सामान्य बातें पूछीं और फिर फोन मम्मी को दे दिया। मम्मी ने तुरंत पूछा, "क्या हुआ? आज इस समय दिन में कॉल क्यों किया? कुछ ज़रूरी बात है?"

मतलब मैं अगर दिन में फोन करू तो वो जरूरी बात के लिए ही कर सकता था. ये क्या बात हुई।

उनका सीधा सवाल सुनकर दिल भारी हो गया। समझ नहीं आ रहा था कैसे शुरू करूँ। मैंने अपने "स्मार्ट" दिमाग का इस्तेमाल करते हुए धीरे-धीरे कहा, "असल में मैं बाइक लेने का सोच रहा हूँ। तो मेरी कुंडली भेज दो, पंडित जी से पूछना है कि सही समय कब है।"

उन्होंने कुंडली वाले हिस्से पर ज़्यादा ध्यान नहीं दिया – उनका ध्यान अचानक बाइक खरीदने के आइडिया पर चला गया। मतलब, मेरे प्लान का पहला फेज सफल हो गया।

उन्होंने पूछा, "अचानक बाइक क्यों?"

मैंने कहा, "ज़रूरत है, इधर-उधर आना-जाना पड़ता है। और इस महीने सैलरी भी अच्छी आई है, तो सोचा क्यों न ले लूँ।"

यह सब झूठ था – न मुझे बाइक की ज़रूरत थी, न कोई सैलरी अच्छी आई थी। मम्मी थोड़ी देर चुप रहीं, फिर बोलीं, "अपने पापा से एक बार बात कर लो।"

मैंने हड़बड़ी में कहा, "आप बात कर लेना, बस कुंडली जल्दी भेज दो।"

उन्हें थोड़ा शक हुआ, लेकिन असली वजह समझ नहीं आई। काफी सोचने के बाद उन्होंने कहा, "ठीक है, भेजते हैं।" उन्होंने आगे कुछ और पूछने से पहले ही मैंने जल्दी से कॉल काट दी।

यहाँ तृषा के दो मैसेज आए हुए थे। एक में उसकी कुंडली थी, और दूसरे में लिखा था, "जल्दी करो, अपनी भी मांगों और पंडित जी को भेजो और बताओ वो क्या कहते हैं।"

उसके लिए "जल्दी करो" कहना कितना आसान था। लेकिन सिर्फ मुझे पता था कि इस ऑपरेशन में मैंने कितनी मानसिक मेहनत की थी – कितने झूठ बोले थे, और कितनी सावधानी से उन झूठों को सजाया था। खैर, मैंने दोनों कुंडलियाँ पंडित जी को भेज दीं और अब बस उनके जवाब का इंतज़ार करने लगा।

करीब पाँच मिनट बाद पंडित जी का जवाब आया। उन्होंने एक वॉइस मैसेज भेजा था। मैंने बड़ी उत्सुकता से उसे चलाया। ऑडियो के पहले शब्द थे, "बेटा, देखो... तुम दोनों की कुंडली ठीक से मैच नहीं हो रही है। इस मिलान में दो समस्याएँ हैं। पहला, लड़का मांगलिक है, और दूसरी, तुम दोनों के गुणों का मिलान बहुत कम है।"

यह सुनते ही मैं बिल्कुल सुन्न पड़ गया। ये पंडित जी क्या बोले? शायद उन्होंने कोई और कुंडली पढ़ ली है। अब तक मैं कुंडली मिलान को बेकार समझता था, लेकिन उस वॉइस नोट को सुनने के बाद अचानक मुझे इसकी गंभीरता का एहसास हुआ। दिल बहुत भारी हो गया। समझ नहीं आ रहा था क्या करूँ। आगे का ऑडियो सुनने की हिम्मत भी नहीं हो रही थी।

किसी तरह हिम्मत जुटाकर मैंने फिर से ऑडियो चलाया और जैसे ही प्ले किया ही था, तृषा का कॉल आ गया। ऑडियो वहीं रुक गया। मैं घबरा गया – अब उसे क्या बताऊँ? जब तक दिमाग कोई जवाब सोच पाता, उसकी कॉल कट चुकी थी।

कॉल नहीं उठाने पर उसका मैसेज आया, “ओए कहाँ हो? पंडित जी ने क्या कहा? जल्दी कॉल करो, मुझे मम्मी को भी बताना है।”

उसका मैसेज पढ़कर मेरी धड़कन और तेज़ हो गई। दिमाग पूरी तरह बंद हो चुका था। मेरे पास न ऑडियो पूरा सुनने की हिम्मत थी, न तृषा को कुछ कहने के लिए शब्द। अंदर से बस रोने का मन कर रहा था। एक-दो मिनट बाद मैंने फिर हिम्मत जुटाई और ऑडियो चलाया। पंडित जी कुंडली की समस्याओं के बारे में विस्तार से बता रहे थे। भारी-भरकम संस्कृत के शब्द मेरे सिर के ऊपर से निकल रहे थे। कुछ समझ नहीं आ रहा था।

बस एक ही बात दिमाग में घूम रही थी – मैं तृषा को कैसे बताऊँ? अगर वह सुनकर टूट गई तो? इन्हीं ख्यालों में खोया था कि अचानक ऑडियो में एक लाइन सुनाई दी, “घबराने की कोई बात नहीं है। आजकल इन सबके कई उपाय होते हैं।”

मैंने तुरंत ऑडियो रोक दिया और उस हिस्से को दोबारा सुना। “उपाय” शब्द सुनकर जैसे मुझे नई ताकत मिल गई – जैसे डूबते हुए इंसान को अचानक पानी में तिनका मिल जाए।

मैंने सोचा – पंडित जी भी क्या कमाल के आदमी हैं यार, ये बात वो पहले बता सकते थे। डराने वाली बात से शुरुआत क्यों की? क्या इन्हें प्यार में डूबे लोगों को और डराने में मज़ा आता है? शायद इनकी बेटी भी प्रेम विवाह पर अटकी होगी, इसलिए ये किसी और की भी नहीं होने देना चाहते हैं। मैंने फिर से ऑडियो चलाया।

अब वह इसका तीसरा हिस्सा पढ़ रहे थे, "उपाय तो हैं बेटा... लेकिन उनमें थोड़ा जोखिम है।"

"जोखिम?!" मैं अनजाने में ज़ोर से बोल पड़ा। शुक्र था कि आसपास कोई नहीं था, वरना डर जाता। पंडित जी आगे बोले, "अगर शादी करनी है, तो मैंने पहले ही खर्चा बता दिया है। नमस्कार।"

ऑडियो खत्म हो गया। थोड़ी राहत के साथ-साथ हजारों सवाल पीछे छोड़ गया। दिमाग कुछ समझ नहीं पा रहा था – क्या सही है, क्या गलत, कितना सही, कितना गलत।

तभी तृषा का फिर कॉल आया। इस बार कॉल न उठाना मतलब उसके गुस्से का सामना करना – जो किसी तांडव से कम नहीं होता। मैंने कॉल उठाया। उसने पूरी ऊर्जा के साथ दो-तीन सवाल एक साथ दाग दिए, "क्या हुआ? फोन क्यों नहीं उठा रहे थे? पंडित जी ने क्या कहा?"

मेरे पास कोई जवाब नहीं था। मेरी खामोशी ही शायद सब कुछ बता रही थी। वह धीरे से बोली, “सब ठीक है ना? पंडित जी ने क्या कहा?”

मेरा गला जैसे जाम हो गया था। ऐसा नहीं था कि मैंने पहले मुश्किल हालात नहीं देखे थे, लेकिन इस बार सच में मेरे पास कोई हल नहीं था।

तृषा का धैर्य टूट गया। वह चिल्लाई, “कुछ बोल क्यों नहीं रहे?! क्या हुआ?! मैं परेशान हो रही हूँ, जल्दी बोलो!”

मैंने हिम्मत जुटाई, मुट्ठी भींची और कहा, “मैं तुम्हें ऑडियो भेज रहा हूँ। खुद सुन लो।” और मैंने कॉल काट दी।

तीन-चार मिनट बाद उसका फिर कॉल आया। वह रो रही थी। उसकी आवाज़ सुनकर मैं अंदर से टूट गया, लेकिन अजीब बात यह थी कि उसी पल मेरा आत्मविश्वास वापस आ गया – क्योंकि अब मुझे उसे संभालना था। जो शब्द मेरे मुँह में जम गए थे और मुँह से नहीं निकल रहे थे, वे अचानक बहने लगे।

मैंने कहा, “रो क्यों रही हो? इतनी बड़ी बात नहीं है। पंडित जी ने कहा है कि इसका उपाय है।”

वह रोते हुए बोली, “उन्होंने ये भी कहा है कि उसमें रिस्क है। अगर मेरी वजह से तुम्हें कुछ हो गया तो?”

उसके आँसू मुझे अंदर से तोड़ रहे थे। समझ नहीं आ रहा था उसे कैसे शांत करूँ। हम दोनों कुछ देर चुप रहे। फिर उसने और मुश्किल सवाल पूछा, “अब मम्मी को क्या बताऊँ?”

यह बहुत बड़ा सवाल था – और मेरे पास इसका कोई जवाब नहीं था। स्थिति इतनी बिगड़ चुकी थी कि अब सिर्फ एक ही चीज इसे संभाल सकती थी – और वह थी झूठ।

मैंने झूठ बोला, “टेंशन मत लो। मैं एक पंडित को जानता हूँ, वो सब ठीक कर देगा। तुम मम्मी को बस इतना बता दो कि कुंडली मिल गई है।”

यह सुनकर जैसे उसमें फिर से जान आ गई – जैसे उसे संजीवनी बूटी मिल गई हो। उसने उम्मीद से पूछा, “सच में? सब ठीक हो जाएगा ना? कब ठीक करोगे?”

मैंने एक पल सोचा और कहा, “अगले महीने मैं घर आ रहा हूँ। तब सब ठीक कर दूँगा। अभी तुम आँसू पोंछो और मुस्कुराओ।”
वह शांत हो गई। लेकिन सिर्फ मुझे पता था कि यह झूठ कब तक चलेगा। दिन गुज़रते गए। तृषा का डर धीरे-धीरे खत्म हो गया, लेकिन मेरा डर बढ़ता गया। हमारी रोज़ की वीडियो कॉल्स में भी मैं

हँसता-खेलता रहता, ताकि उसे कोई शक न हो। फिर मेरी छुट्टियों का दिन आ गया। पहली बार ऐसा हुआ कि घर जाने की खुशी से ज़्यादा मुझे डर लग रहा था।

मैं दिल्ली जाने वाली ट्रेन में बैठ गया। 3AC जैसी आरामदायक सीट भी मुझे नींद नहीं दे पा रही थी। पूरी रात मैं सिर्फ एक ही बात सोचता रहा कि आखिर इस कुंडली की समस्या को कैसे सुलझाऊँ। अगली शाम करीब चार बजे मेरी ट्रेन निज़ामुद्दीन स्टेशन पहुँची। मैंने अपना हल्का बैग कंधे पर उठाया और भारी ट्रॉली हाथ में ले ली। प्लेटफॉर्म नंबर सात पर चलते हुए एक भारी-भरकम आदमी मेरे पास आया और मेरी मंज़िल पूछने लगा। मेरी मंज़िल तो तृषा थी, पर मैं उसे वो क्यों बताता? मेरा दिमाग अभी भी तृषा और कुंडली के बीच उलझा हुआ था, इसलिए उसकी बात ठीक से सुन नहीं पाया।

उसने फिर गहरी आवाज़ में पूछा, “कहाँ जाना है?”
उसकी ऐसी तीव्र आवाज़ सुनकर जैसे ही मैं होश में आया, मैंने कहा, “कश्मीरी गेट बस स्टैंड। कितना पैसा लोगे?”
उसने कहा, “200 दे देना।”
मैंने मोलभाव किया, “150 दूँगा।”

वह मान गया। उसने मेरा एक बैग उठाने के लिए कहा और मैंने खुशी-खुशी उसे दे दिया। हम दोनों ऐसे चल रहे थे जैसे मैं किसी

कंपनी का सीनियर ऑफिसर हूँ और वह मेरा सबसे भरोसेमंद असिस्टेंट–दोनों की चाल में कॉन्फिडेंस और चेहरे पर गंभीरता थी। जैसे ही हम स्टेशन से बाहर निकले और उसकी टैक्सी की ओर बढ़े, तभी दूर से किसी ने आवाज़ लगाई–"भाई साहब! कहाँ जाना है?" हमने इधर-उधर देखा, फिर उसने दोबारा आवाज़ लगाई।

वह एक दुबला-पतला सोलह साल का लड़का था–कमज़ोर शरीर, उम्मीद भरी आँखें और धीमी आवाज़। हमने उसे नज़रअंदाज़ किया और आगे बढ़ते रहे। लेकिन वह हमारे पास आ गया और फिर बोला, "भाई साहब, कहाँ जाना है? मैं सस्ते में छोड़ दूँगा।"

शायद हमारी चाल देखकर उसे लगा कि हम दोनों ही यात्री हैं। अब तक मेरा भरोसेमंद असिस्टेंट अपना असली रंग दिखा चुका था। वह लड़के पर चिल्लाया, "भाग यहाँ से! ये सवारी मैं लाया हूँ, इसे ले जाने की हिम्मत मत करना!" उसने उसे गाली भी दी।

लड़के ने जवाब दिया, "गाली क्यों दे रहे हो? मैंने तो बस पूछा है।" अचानक ड्राइवर ने मेरा बैग नीचे रखा, लड़के का कॉलर पकड़ा और उसे पीटने लगा। कुछ ही सेकंड में 5-6 और लोग आ गए और सब मिलकर उसे पीटने लगे। ये और लोग उसी टैक्सी ड्राइवर के दोस्त थे, और शायद इनका वहाँ पर कोई गुट था। अस्सी किलो के पाँच-छह आदमी अपने से आधे वजन के लड़के को मेरे सामने पीट रहे थे!

मैं स्तब्ध रह गया। उस लड़के की कोई गलती नहीं थी, और मेरी वजह से वह पिट रहा था। मैं तुरंत उन्हें रोकने दौड़ा, तभी किसी का हाथ मेरी पीठ पर ज़ोर से लगा। मेरे अंदर गुस्सा ज़हर की तरह दौड़ गया।

मैं चिल्लाया, "क्या कर रहे हो तुम लोग?! इस बेगुनाह को क्यों मार रहे हो?!"

वे कुछ पल के लिए रुक गए। एक ने कहा, "ये यहाँ का ऑथराइज्ड ड्राइवर नहीं है, ऐसे कैसे हमारी सवारी छीन सकता है।"

मैंने गुस्से में कहा, "अगर ये गलत है तो सज़ा कानून देगा! तुम्हें किसने हक दिया इसे मारने का? मेरे सामने हाथ उठाने की हिम्मत कैसे हुई?" मेरी आवाज़ हर सेकंड तेज़ होती जा रही थी। शायद पहली बार मैं किसी अन्याय के खिलाफ इतनी ज़ोर से बोल रहा था। तभी एक बुजुर्ग अंकल आए और बोले, "बेटा, तुम मुसाफिर हो, इसमें मत पड़ो। ये तो यहाँ का रोज़ का मामला है।"

उनकी बात सुनकर मुझे और गुस्सा आया।

मैंने कहा, "अगर ये आपका बेटा होता, तब भी यही कहते? गलत, गलत होता है। मैं इन सबको सज़ा दिलाऊँगा। पुलिस को कॉल कर रहा हूँ।"

मैंने पुलिस को फोन किया। फोन में पुलिस ने कहा कि यह इलाका RPF का है, यहाँ के केस RPF ही देखते हैं, लेकिन फिर भी वे दो सिपाही भेज रहे हैं।

मैंने नज़र उस लड़के पर डाली, वह रो रहा था, काँप रहा था। मुझे पुलिस बुलाते देख उनमें से बाकी लोग भाग गए थे, सिर्फ दो-तीन रह गए थे। मैंने तुरंत कुछ गाड़ियों के नंबर प्लेट की फोटो ले ली, ताकि बाद में उन्हें ढूँढ सके। मुख्य आरोपी–जिसने शुरुआत की थी–वहीं खड़ा रहा और मुझसे माफी माँगने लगा। लेकिन मैंने माफ़ नहीं किया।

पुलिस आई। उन्होंने मेरा बयान लिया और उस ड्राइवर को पकड़ लिया। वह मेरे सामने हाथ जोड़कर माफी माँग रहा था।
एक सिपाही ने कहा, "सर, माफ कर दीजिए। ये कह रहा है दोबारा नहीं करेगा। केस करेंगे तो आपको भी बार-बार कोर्ट आना पड़ेगा।"
उसकी बात में दम था। मैंने कहा, "ठीक है, इसे उस लड़के से माफी मंगवाओ और 500 रुपये इलाज के लिए दो।"

ड्राइवर हिचकिचाया–एक छोटे लड़के से माफी माँगना उसके ईगो को चोट पहुँचा रहा था–लेकिन मजबूरी थी। उसने माफी माँगी और पैसे दिए। मामला वहीं खत्म हो गया। पुलिस चली गई।

मैंने अपना सामान उसकी टैक्सी से निकाला और उस लड़के के ऑटो में रख दिया। मैंने उससे कहा, "चलो, मैं तुम्हारे ऑटो में चलूँगा।" वह मुझे ISBT कश्मीरी गेट की ओर ले चला। रास्ते में मैंने उसे समझाया कि ऐसे ड्राइवरों से दूर रहे और सिर्फ ऑथराइज्ड जगहों पर ही काम करे। वह अभी भी रो रहा था, और कहीं न कहीं मैं खुद को इसका जिम्मेदार महसूस कर रहा था। हम ISBT पहुँचे। मैंने सामान उतारा और किराया पूछा। उसने कहा, "200 रुपये।"

मेरे पास लगभग हजार रुपये थे। मैंने पूरे के पूरे उसे दे दिए। वह मना करने लगा, लेकिन मैंने कहा, "इसे होली का गिफ्ट समझो। आज काम मत करो, घर जाओ, परिवार के साथ त्योहार मनाओ, और मेरे लिए दुआ करना, मैं आजकल एक बड़ी परेशानी में हूँ।" वह फिर रो पड़ा, मेरे पैर छुए और बोला, "मैं कई सालों से गाड़ी चला रहा हूँ, लेकिन आप जैसे इंसान से कभी नहीं मिला।"

वह मेरे सामान को बस तक ले गया और हल्की मुस्कान के साथ चला गया–एक ऐसी मुस्कान, जिसने मुझे अंदर से सुकून दिया। मैं बस में चढ़ा और तृषा को कॉल किया। मैंने उसे सब कुछ बताया। मुझे गर्व महसूस हो रहा था–पैसे देने पर नहीं, बल्कि किसी की मदद करने पर, एक रोते हुए चेहरे को मुस्कुराने पर, और अन्याय के खिलाफ खड़े होने पर। शायद उसकी दुआ से मेरी कुंडली की समस्या भी खत्म हो जाए–मैंने सोचा।

मैं उसे सब बता ही रहा था कि कंडक्टर मुझे घूरने लगा। फिर वह ज़ोर से बोला, "ज़रा ईयरफोन निकालो और टिकट लो!"

मैंने हल्की मुस्कान के साथ जेब में हाथ डाला। और तब एहसास हुआ–मैं सारे पैसे दे चुका हूँ। अब टिकट कैसे लूँ?

मैंने धीरे से कहा, "अंकल, मेरे पास कैश नहीं है, लेकिन कार्ड और UPI है।"

वह नाराज़ हो गया, "बिना पैसे के कैसे सफर करते हो? थोड़ा सोच-समझकर चला करो!" उसकी बात सुनकर मैंने पिछले दो घंटे की पूरी घटना उसे बता दी। सुनकर वह हैरान हुआ और फिर गर्व महसूस करने लगा।

उसने कहा, "कोई बात नहीं सर, आपने बहुत अच्छा काम किया है। अगले स्टॉप पर पैसे निकाल लेना।"

उसने मुझे अपने पास वीआईपी सीट पर बैठने का ऑफर भी दिया। मैंने मान लिया। हम काफी देर तक बातें करते रहे। बाद में पता चला कि वह मेरे ही शहर के पास रहता है। उसने मेरी शादी के बारे में भी पूछा, और मैंने उसे सब कुछ बता दिया–यहाँ तक कि मांगलिक वाली बात भी। "मांगलिक" सुनते ही वह सतर्क हो गया।

उसने इसे बहुत गंभीर समस्या बताया और कई असफल शादियों के उदाहरण सुनाए। मेरा डर और बढ़ गया। तृषा से बोला हुआ झूठ बार-बार दिमाग में घूम रहा था।

करीब नौ बजे डिनर के बाद मैं उस VIP सीट से उठकर पीछे वाली खिड़की के पास बैठ गया। दिमाग पूरी तरह थक चुका था–कुंडली, तृषा और न जाने कितनी बातें।

मैंने पारंपरिक गानों की प्लेलिस्ट में से कुछ दर्द भरे गाने सुनने शुरू किए और खुद को उनमें खो दिया। नींद कब आ गई, पता ही नहीं चला। रात को करीब एक बजे अचानक बस ने ज़ोर का ब्रेक लगाया और मैं आगे गिर पड़ा। बाहर अंधेरा था, लेकिन चाँद चमक रहा था। ऊँचे-ऊँचे पहाड़ और ठंडी हवा। मुस्कुराइए, हम हिमाचल में प्रवेश कर चुके थे–अपने घर के करीब।

तृषा के दस मिस्ड कॉल और ढेर सारे मैसेज थे, पर कमबख्त मेरा फोन गलती से साइलेंट मोड में था। वह ज़रूर बहुत गुस्से में होगी। अभी कोई नया मैसेज नहीं था, मतलब अब वह सो चुकी थी।
मैंने सोचा, सुबह कॉल करना बेहतर रहेगा–तब तक उसका गुस्सा कम हो जाएगा। सब कुछ किस्मत पर छोड़कर मैंने फिर से गाने सुनने शुरू कर दिए।

पहाड़, ठंडी हवा, संगीत–सब कुछ बहुत सुकून देने वाला था। बस एक ही समस्या थी, काश ये कुंडली वाली समस्या कभी आई ही न होती। बस अपनी धीमी रफ्तार से चलती रही, गाने बजते रहे। करीब सुबह पाँच बजे बस एक चाय की दुकान पर रुकी। ज्यादातर यात्री चाय पीने उतरे। मैं भी बाकी लोगों की तरह, एक पहाड़ी चाय प्रेमी होने के नाते, चाय लेने उतर गया।

एक हाथ जेब में डालकर चाय पीते हुए मैंने फोन निकाला। पहले मानचित्र खोला–मैं घर से सिर्फ पचास किलोमीटर दूर था।
फिर तापमान देखा–तीन डिग्री सेल्सियस।

सुबह सात बजे बस ने मुझे घर के पास उतार दिया। मेरे पिताजी और भाई मेरे स्वागत में खड़े थे। मैं सफर से थका हुआ था, लेकिन उन्हें देखकर सुकून मिला। मेरे भाई ने भारी ट्रॉली बैग उठा लिया और मेरी माँ पास में खड़ी थी, उसके चेहरे में हल्की सी मुस्कान थी। रसोई से प्रेशर कुकर की आवाज़ और ताज़ा खाने की खुशबू आ रही थी। मुझे आराम की ज़रूरत थी, क्योंकि मैं रात भर गाड़ी में सफर करके आया था, लेकिन मैंने पहले अपना सामान सेट करने का सोचा। जैसे ही मैंने अपना सामान कबर्ड में रखा और बाहर छत पर टहलने आया, मैंने देखा पड़ोसी झाँक कर देख रहे थे, जैसे कोई सेलिब्रिटी आया हो। पता नहीं क्यों, जब भी मैं घर लौटता हूँ, ऐसा हमेशा होता है।

मैंने फ्रेश होकर अपना फोन चेक किया। बैटरी दस प्रतिशत से भी कम थी। तृषा का कोई मैसेज नहीं था। कल जो मैंने उसकी दस कॉल्स का जवाब नहीं दिया था, शायद ये उसी की प्रतिक्रिया थी। मुझे समझ आ गया था कि कुछ गलत है। शायद वह नाराज़ थी। इसलिए मैंने सोचा उसे थोड़ा समय दूँ और पहले खुद फ्रेश हो जाऊँ। नाश्ता करने और फोन चार्ज करने के बाद बैटरी लबालब भर चुकी थी। तृषा का एक अनरीड मैसेज था, "अब याद आया तुम्हें फोन? जब तुम अपने परिवार के पास होते हो तब मेरी ज़रूरत नहीं होती, है ना? अब क्या चाहिए तुम्हें? तुमने मुझे ऐसे इग्नोर किया जैसे मैं कोई मायने ही नहीं रखती। तुम्हें मेरी याद तभी आती है जब तुम फ्री होते हो। मैं इस सब से थक गई हूँ।"

उसका मैसेज ताना था, और उसने मुझे चोट पहुँचाई। खैर, किसी तरह मैंने तृषा को मना लिया। मैंने उससे कहा कि मैं अगले दिन ही उससे मिलूँगा और अपनी कुंडली लेकर आऊँगा, फिर हम उस जादुई पंडित के पास जाकर मिलान करवा लेंगे। वह मान गई, लेकिन अभी भी पूरी तरह आश्वस्त नहीं थी। मुझे खुद भी नहीं पता था कि क्या होने वाला है। क्या कुंडलियाँ मिलेंगी? क्या सब कुछ वैसा होगा जैसा मैं चाहता हूँ? बस सवाल थे, जवाब केवल भविष्य था।

अंदर ही अंदर, तृषा को यह भी नहीं पता था कि मैंने इस बात को कितना गंभीरता से लिया है। मैं हमेशा हल्के में बातें करता रहा, कभी अपनी सच्ची भावना नहीं दिखाई। मैंने इंटरनेट पर बहुत खोजा कि कुंडली मिलान कैसे होता है, लेकिन कुछ खास समझ नहीं आया।

अध्याय 6

अगली सुबह मेरी आँख देर से खुली। जब मैंने फोन देखा, तो तृषा का एक स्माइल इमोजी और मैसेज था: "गुड मॉर्निंग। तुम कब तक पहुँचोगे?" मैंने जवाब दिया, "मैं दस बजे तक पहुँच जाऊँगा।"

मैं तैयार होकर सीधे मंदिर गया। मैंने भगवान से प्रार्थना की, "भगवान, प्लीज़, हमारी कुंडलियाँ मिलवा दो। बस यही एक चीज़।" फिर मैं अपनी बाइक स्टार्ट करके मार्केट की ओर निकल गया। मैं लगभग नौ बजे पहुँच गया और उसका इंतज़ार करने लगा। दूर से मैंने तृषा को आते हुए देखा, उसके साथ उसकी वही खास दोस्त, जान्हवी भी थी। वह नेवी ब्लू सलवार सूट में बेहद खूबसूरत लग रही थी। उसे देखकर कुछ सेकंड के लिए मैं सब कुछ भूल गया।

वह पास आई और उसने मुझसे हाथ मिलाया। जान्हवी ने "हाय" कहा और कुछ सेकंड बातें चलीं। तृषा ने मुझसे मेरी कुंडली माँगी। मैंने उसे अपनी जेब से निकालकर दे दी। उसने अपनी कुंडली मुझे दी और कहा कि मैं जाकर मिलान करवा लूँ, वह वहीं इंतज़ार करेगी।

मैं जाने के लिए मुड़ा ही था कि उसकी आवाज़ ने मुझे रोक लिया। वह मेरे पास आई और मेरा हाथ कसकर पकड़ लिया। आसपास के लोग देख रहे थे, लेकिन उसे कोई फर्क नहीं पड़ रहा था। उस पल

उसके लिए पूरी दुनिया जैसे गायब हो गई थी। उसने मेरी आँखों में देखा और आँखों में आँसू लिए कहा, "कुछ भी करना, बस इसे मिलाकर ही आना, प्लीज़।"

उसकी आँखों में जो विश्वास था और आँखों में उम्मीद, उसने मुझे अंदर तक हिला दिया। मैंने उसे पहले कभी इतना कमजोर नहीं देखा था। पहली बार मुझे एहसास हुआ कि उसे इस बात की कितनी ज़रूरत है।

मैंने हिम्मत जुटाकर कहा, "तुम चिंता मत करो, मैं सब कुछ ठीक कर लूँगा। मुझ पर भरोसा रखो।"

मैं पंडित जी के पास गया, घबराया हुआ लेकिन दृढ़ निश्चय के साथ। पंडित जी ने मुझसे कई सवाल पूछे – मैं कहाँ से हूँ, कहाँ रहता हूँ। फिर उन्होंने एक मोटी किताब निकाली और उँगलियों से गणना करने लगे। गणित हमेशा से मेरा सबसे अच्छा विषय रहा है, लेकिन यह गणना मेरे जीवन की सबसे बड़ी परीक्षा लग रही थी। अगर यह फेल हो गया, तो सब कुछ फेल हो जाएगा।

मैं चुपचाप प्रार्थना करता रहा, और फिर पंडित जी बोले: "बेटा, यह अच्छा है। बहुत अच्छा। छत्तीस में से बाईस गुण मिल रहे हैं।"

एक पल के लिए मुझे अपने कानों पर विश्वास नहीं हुआ। फिर भी मैंने दोबारा पूछा, "सब ठीक है ना? कोई समस्या तो नहीं?" वह मुस्कुराए और बोले, "नहीं बेटा, यह एक परफेक्ट मैच है। भगवान ने तुम दोनों को आशीर्वाद दिया है।"

मैं इससे ज़्यादा खुश शायद ही पहले कभी हुआ होगा। मैं मन ही मन भगवान का धन्यवाद करता रहा। मैंने पंडित जी को पाँच सौ रुपये की दक्षिणा दी। उन्होंने कहा, "दिल से जितना देना चाहो, बेटा।"

सच कहूँ, उस समय मैं उन्हें अपना सब कुछ दे सकता था, क्योंकि ऐसी खुशी बहुत कम मिलती है। मैं भागते हुए वापस तृषा के पास गया। वह वहीं खड़ी थी, जहाँ मैं उसे छोड़कर गया था। जैसे ही उसने मुझे देखा, वह मेरी ओर दौड़ी और पूछा, "बताओ, क्या हुआ? कुंडलियाँ मिलीं?"

उसकी आँखों में उम्मीद, डर और प्यार – तीनों थे।

मैं मुस्कुराया और कहा, "हाँ, मिलीं। और सिर्फ मिली ही नहीं – पंडित जी ने कहा कि यह परफेक्ट मैच है। बाईस गुण मिले!"

यह सुनते ही वह घुटनों के बल बैठ गई और खुशी के आँसू रोने लगी। आसपास के लोग देख रहे थे, लेकिन उसे कुछ दिखाई नहीं दे रहा था, सिवाय उस नतीजे के, जिसके लिए वह प्रार्थना कर रही थी।

मैंने उसे धीरे से उठाया, उसके आँसू पोंछे। उसे और जान्हवी को पास के एक रेस्टोरेंट में चलने को कहा।

हम रेस्टोरेंट पहुँचे, वेटर आया। हमने सबसे पहले मिठाई ऑर्डर की। फिर हमने खाना ऑर्डर किया। हम दोनों के चेहरे खुशी से चमक रहे थे। कोई भी हमें देखकर बता सकता था कि हमने कुछ अनमोल जीत लिया है।

हमने खूब चाव से खाना खाया, मिठाई खाई। दोनों ने घर के लिए भी मिठाई पैक करवाई। यह सब कुछ एक त्योहार की तरह था, एक सपने जैसा था और एक चमत्कार जैसा था। यही कुंडलियाँ, जो आज से एक महीने पहले कितने दोषों के साथ मिलने को बिल्कुल तैयार नहीं थीं, आज पता नहीं किस चमत्कार के कारण मिल रही थीं। शायद यह मेरे या तृषा के अच्छे कर्म थे और कर्मों के फलस्वरूप हमें यह खुशी प्राप्त हुई थी।

तृषा के चेहरे पर एक सुकून था, एक चमक थी, और यह मेरी आँखों के लिए इतना सुखद था कि उसे शब्दों में बाँध पाना नामुमकिन सा था। हम दोनों भीतर से अब पूरी तरह आश्वस्त थे कि अब दुनिया की कोई ताकत हमें अलग नहीं कर सकती, क्योंकि कुंडली मिलान ही बस एक वह वजह थी जो हमारे बस में नहीं थी। बाकी सब कुछ हम अपने पाले में करने को पूरी तरह योग्य थे।

हमने रेस्टोरेंट में खूब बातें कीं, हँसी-मज़ाक किया। मैं पहली बार जान्हवी से उस रेस्टोरेंट में मिला था। उससे पहले हमारे बीच कभी एक-दो बार फोन पर ही बात हुई थी, वो भी तृषा के रूठ जाने के अवसर पर।

जान्हवी के बारे में बताऊँ तो वह शांत स्वभाव की मिलनसार लड़की है। हमारे बीच के झगड़ों के लिए वह पहली राहत और बचाव कर्मी जैसी थी। उसने हमेशा से मेरी तृषा को मनाने में मदद की थी, जिसके लिए मैं हमेशा उसका कृतज्ञ रहता हूँ।

खाना खत्म होने के बाद मुझे तृषा के साथ अकेले में कुछ पल बिताने थे। मैंने तृषा को इशारा किया कि वह जान्हवी को जाने के लिए बोले। एक पल के लिए तृषा ने आँखें "ना" में घुमाईं, फिर उसने बोल ही दिया।

"जान्हवी, तू चल, हम आते हैं। हमें एक जरूरी बात करनी है।"

जान्हवी ने हल्की मुस्कान के साथ कहा, "ठीक है बहन, मैं बाहर इंतज़ार कर रही हूँ, जल्दी आना।" और मुझसे एक मुस्कान के साथ विदा ली।

जान्हवी के जाते ही मैं, जो अभी तक तृषा के सामने बैठा था, तुरंत उठकर उसके साथ बैठ गया। तृषा के दिल की धड़कन जोरदार थी,

मैं बगल में बैठे उसे महसूस कर सकता था। कुछ पल हम दोनों को समझ नहीं आ रहा था कि आगे क्या करना है। अचानक तृषा ने मुझे गले लगा लिया। मैं उस पल शून्य हो गया। हम दोनों की धड़कनें धक-धक कर रही थीं। उसकी बाँहों में मुझे अत्यंत सुख की अनुभूति हो रही थी। शायद इसी एहसास को दुनिया वाले प्यार कहते हैं, और यह क्यों इतना प्रचलित है, आज मैंने उसे महसूस भी कर लिया।

तृषा की अचानक आँखें भर आईं। "मैं तुम्हारा यह एहसान कभी नहीं भूलूँगी। तुमने सच में अपना वादा निभाया, सच में यह चमत्कार कर दिखाया। मैं पिछले दो-तीन महीने से बस इसी की चिंता में मरी जा रही थी कि क्या होगा, कैसे होगा। पर कहीं न कहीं तुम पर भरोसा था कि तुम प्यार के लिए कुछ भी कर जाओगे। वाकई, प्यार का इससे बड़ा सबूत और क्या हो सकता है। मैं सच में बहुत खुश हूँ। मैं घर जाकर सबसे पहले मम्मी और भाई को मिठाई खिलाऊँगी और कहूँगी भी कि यह उनके होने वाले जमाई की ओर से है, उसके बाद यह खुशखबरी सुनाऊँगी।"

तृषा की इन बातों से मैं स्तब्ध रह गया। मेरा मन करुणा से भर गया था, मन में खुशी की बहार भी फूट रही थी। सब कुछ सिनेमा की तरह था – करुणा, खुशी, प्रेम – इतनी सारी भावनाओं ने एक

साथ मेरे मन को इस तरीके से उत्साहित किया कि मैं तृषा की तरफ एकटक देखता रहा।

उसने कहा, “चलो, अब चलते हैं, वरना होटल वाला बिल में बैठने के भी पैसे जोड़ देगा और जान्हवी भी बाहर इंतज़ार कर रही है। उसके मन में भी सैकड़ों सवाल उठ गए होंगे कि दोनों इतनी देर से कर क्या रहे हैं।”

“ऐसे हजार होटल तुम पर कुर्बान कर सकता हूँ, तुम एक बार बोल दो बस,” मैंने मुस्कुराकर कहा।

“अच्छा, मुझे पता है तुम कितने कंजूस हो, कितने होटल कुर्बान कर सकते हो, मैं अच्छे से जानती हूँ,” तृषा ने मेरी बात पर प्रतिक्रिया दी।

हम दोनों ऐसे एक-दूसरे को छेड़ते हुए होटल से बाहर निकले। मैंने बिल का भुगतान किया। उन दोनों से विदा ली, और हम लोग अपनी-अपनी दिशा की ओर बढ़ गए।

मैंने कुछ और सामान खरीदा और घर पहुँचा। घर पहुँचते ही मैंने अपना फोन देखा। तृषा का संदेश आया हुआ था, “तुम घर पहुँचे? मैंने मम्मी को बताया, एक और समस्या आ गई है, जल्दी से फोन करो मुझे।” यह संदेश देखकर मैंने अपना सिर पकड़ लिया – अब

कौन-सी समस्या आ पड़ी है। मैंने अपने बैग में रखे मिठाई के डिब्बे को बैग में ही रहने दिया। मैंने तृषा को फोन लगाया।

“हैलो, क्या हुआ अब, क्या बोला मम्मी ने?” मैंने मुरझाई हुई आवाज़ में बोला।

“मम्मी ने मना कर दिया है,” उसने जोर से कहा।

दो-तीन सेकंड तक चुप्पी रही। फिर मैंने पूछा, “क्यों मना कर दिया? अब तो कुंडली भी मिल गई है।”

“तुमने मिठाई कम क्यों भिजवाई? मम्मी ने बोला, तुम पक्का कंजूस हो,” तृषा ने हँसते हुए जवाब दिया।

“मतलब क्या है तुम्हारा? साफ-साफ कहो,” मैंने चिड़चिड़ी सी आवाज़ में बोला।

“अरे पागल, मैं मज़ाक कर रही हूँ। मम्मी मान गई हैं। वो तो मैं बस तुम्हें थोड़ा छेड़ रही थी,” तृषा ने जवाब दिया।

“बहुत गलत बात पर छेड़ा तुमने। ऐसी बात पर तुम्हें मज़ाक कैसे सूझा। खैर, और क्या बोला मम्मी ने, अच्छे से बताओ।”

“मम्मी बहुत खुश हैं, भइया भी। वो अब तुमसे बात करना चाहती हैं। कब फ्री होंगे, बताओ, मैं आज बात करा दूँगी,” तृषा ने कहा।

मैंने कहा, "पागल हो क्या तुम? मैं उनसे क्या बात करूँगा? वो क्या पूछेंगी मुझसे? तुम ऐसे मत फँसाओ।"

तृषा ने भड़कती आवाज़ में कहा, "तो एक काम करो, पड़ोसी से बात करा दो, शादी भी उसी से कर लूँगी। तुम्हें तो बात करने में इतनी परेशानी जो है।"

मैंने कहा, "अरे यार, ऐसा नहीं है, पर ऐसे अचानक मैं क्या बोल पाऊँगा उनके सामने।"

तृषा ने कहा, "मेरी मम्मी पढ़ी-लिखी हैं, काफी अच्छे से बात करती हैं। एक बार करके देखो, तुम भी उसके बाद उनकी तारीफ करते नहीं थकोगे।"

"ठीक है, तब शाम को बात कर लूँगा। उससे पहले जो भी वो पूछेंगी, उसका सारा होमवर्क कर लेता हूँ। सासु माँ के सामने फर्स्ट इम्प्रेशन बेस्ट होना चाहिए," मैंने कहा।

उसके बाद मैंने उन सभी सवालों की लिस्ट बना ली जो मुझसे पूछे जा सकते थे। मैं अब इतना कॉन्फिडेंट था कि मैं कोई भी इंटरव्यू पास कर लेता। मैंने तृषा को फोन लगाया और इंटरव्यू के लिए रेडी हो चुकने का इशारा दिया। उसने स्पीकर में फोन रखकर अपनी मम्मी के सामने रख दिया।

मेरा इंटरव्यू शुरू हुआ। बोर्ड में तीन मेंबर थे – तृषा की मम्मी, जो प्रेसीडेंट थीं; उसका भाई, प्रेसीडेंट असिस्टेंट; और मेरी तृषा, ओवरऑल सिचुएशन कंट्रोलर। मैंने बोर्ड के प्रेसीडेंट को नमस्कार के साथ अभिवादन किया। बोर्ड में मुझसे बहुत सारे सवाल पूछे गए। उनमें से अधिकतर वही सवाल थे जो तृषा ने "प्रेम डील" साइन करते वक्त पूछे थे। मैंने सभी सवालों के जवाब अच्छे से दिए। मेरा इंटरव्यू सफल रहा। तृषा का कहना सच था, उसकी मम्मी का व्यवहार तारीफ योग्य था।

तृषा की मम्मी ने इंटरव्यू खत्म होने के बाद अंत में कहा, "ठीक है बेटा, आप अपने घर पर बात कर लेना, और जैसे वो ठीक समझें, मैं भी तुम्हारे घर वालों से बात कर लूँगी। उसके बाद मैं यहाँ अपने परिवार में सबको बता दूँगी। चलो ठीक है, अपना ध्यान रखना, नमस्कार।" और उन्होंने फोन कट कर दिया।

तृषा का थोड़ी देर बाद फोन आया। उसने मेरे इंटरव्यू में ऐसे कमाल के प्रदर्शन की तारीफ की। हम दोनों बहुत खुश थे।

उस दिन के बाद, मेरी और उसकी मम्मी की बातें अजनबी से हटकर ऐसी होती थीं जैसे हम वर्षों से परिचित हों। तृषा की मम्मी के बारे में बताऊँ तो वह शांत और मिलनसार स्वभाव की थीं। उस जमाने के पढ़े-लिखे होने का सार उनमें साफ नजर आता था, और वह

समय के साथ चलने और परिवर्तन में विश्वास रखने वाली महिलाओं में से एक थीं। समय आगे बढ़ता गया और उसकी मम्मी की बातों से चीजें और साफ होने लगीं। तृषा और उनकी मम्मी की डिमांड लिस्ट में कुछ ही अंतर था।

मेरे एक महीने के अवकाश में, मैं अक्सर तृषा से मिलने चला जाया करता था। हम हमेशा से एकांत ढूँढ़ते थे ताकि बाहर की दुनिया से हमें कोई दिक्कत न हो। तृषा को मीठा काफी पसंद था, इसलिए मैं हमेशा उसके लिए चॉकलेट लेकर जाता था। बदले में वह कुछ खाने के लिए बनाकर लाती थी। फिर हम दुनिया से दूर कहीं एकांत जगह की तलाश में निकल पड़ते थे।

उपयुक्त स्थान मिलने के बाद, सबसे पहले हम अपने पेंडिंग पड़े मसलों पर बहस करते थे, जिनमें मैं हमेशा हार जाता था। हारने की वजह तृषा के सही तर्क नहीं होते थे, बल्कि वह आज और दिनों की अपेक्षा ज्यादा सुंदर लग रही होती थी। मेरा ध्यान उसकी सुंदरता को निहारने से अगर एक भी पल इधर-उधर होता, तो शायद मैं हमेशा बहस जीत जाता।

बहस के बाद हमारे बीच प्यार भरी बातें होतीं, भविष्य की योजनाएँ बनतीं, फिर तृषा अपना एक सेशन “फोटो शूटआउट” कराती। हर फोटो के बाद उसके ताने यही होते कि मुझे फोटो खींचना नहीं आता,

और इस बात से मैं भी काफी हद तक सहमत था। मेरी हमेशा से बेहतर फोटो खींचने की कोशिश होती, लेकिन मैं हमेशा असफल ही रहता। उन सारी फोटो में से वह मुँह बनाकर एक-दो फोटो चुनती और बाकी सभी को डस्टबिन में डाल देती।

फोटो शूटआउट के बाद हम भविष्य के काल्पनिक दृश्य में खो जाते। हमारी नजरों के सामने भविष्य का सुंदर दृश्य प्रस्तुत होता था और हम उन पलों में खो जाते थे। उस भविष्य में हम सब कुछ अच्छा देखते थे, सब कुछ अच्छा महसूस करते थे। एक भी पल हमने किसी भी संघर्ष की छाया तक की कल्पना नहीं की। मैं अपना सिर तृषा की गोद में रखता, इतना सुखद महसूस करता और वह प्रेम से मेरे सिर पर हाथ फेरती।

तृषा जो भी खाना बनाकर लाती, मैं उसे बड़े चाव से खाता। भविष्य में भी मुझे ऐसा ही स्वादिष्ट खाना मिलेगा, इस खुशी में संतोष महसूस करता। समय की पाबंदी होने के कारण हमें वापस आने के लिए तैयार होना पड़ता। हम दोनों गले मिलते और अगली मुलाकात की तारीख तय कर लेते थे और बाइक पर बैठकर हम वापस घर की ओर प्रस्थान करते।

वह ईयरफोन कनेक्ट कर एक सिरा मेरे कानों पर लगाती, दूसरा अपने कानों पर, और प्यार भरे गीत चला देती। उस समय उन गानों

का मोल ही जादुई होता। मैं लेफ्ट साइड का शीशा तृषा की तरफ करता और उसे देखता रहता। हमारी नजरें मिलतीं, हम मुस्कुराते और दोनों वही गाना गुनगुनाने लगते। सब कुछ फिल्मी था, पर सच में बहुत सुकून भरा था।

हमारी मुलाकातें यूँ होती रहीं, पर आज की मुलाकात कुछ खास होने वाली थी। आज जुलाई महीने का तेईसवाँ दिन है। यह दिन सचमुच खास है क्योंकि आज तृषा का जन्मदिन है। आज से करीब इक्कीस वर्ष पहले इसी दिन तृषा का जन्म हुआ था। मैं आश्वस्त हूँ कि निस्संदेह उसके माता-पिता ने गाँव भर में मिठाई भी बँटवाई होगी। इतनी होनहार बेटी के होने पर जरूर पूरा परिवार उत्सव मनाया होगा। हालांकि, मैंने कल रात ही 11:59 पर तृषा को जन्मदिन की शुभकामनाएँ दे दी थीं और साथ में "चोरी की गई" एक-दो शायरी सुनाकर उसे मुस्कुराने को भी विवश कर दिया था।

रात के पहले सेकंड में उसे बधाई देकर मैंने खुद को उन चंद महान प्रेमियों की सूची में शामिल करवा लिया था, जो आधी रात में अलार्म लगाकर उठते हैं और अपने प्रेमी को जन्मदिन की बधाई देते हैं। इन चंद लोगों की नजर में इस समय का एक सेकंड भी मायने रखता है।

खैर, मैंने कोई अलार्म तो नहीं लगाया था, क्योंकि मुझे पता था मैं कभी अलार्म की पहली घंटी पर नहीं उठता। जब तक एक-दो बार वह बज नहीं जाता, मेरी आँखें पलकों से चिपकी रहती हैं। इसलिए मैंने इस महान घड़ी के लिए खुद को जगाए रखा ताकि सही वक्त पर संदेश पहुँच जाए।

रात के करीब 12:30 तक हमारी शुभकामनाएँ और बधाइयाँ चलती रहीं। उसके बाद मैंने उसे कल मिलने को कहा और साथ में उसका जन्मदिन मनाने को कहा। उसने तुरंत हामी भरी और हमने मिलने का स्थान और समय तय किया। उसके बाद मैंने उसे सोने को कहा। उसने कहा, "मैं बस अगले दस मिनट में सो जाऊँगी, मुझे कुछ लोगों ने विश किया है, उन्हें शुक्रिया कहकर सो जाऊँगी।"

कमाल की बात है, मुझे लगता था आधी रात को उठने का महान कष्ट केवल प्रेमी ही करता है, पर दुनिया में और भी महान लोग हैं – इसकी उम्मीद मुझे कम थी। मैंने उसे "गुड नाइट, स्वीट ड्रीम्स" बोला और अपनी चादर ओढ़कर गहरी नींद में सो गया।

अगली सुबह मेरी नींद करीब सात बजे खुली। मैंने तृषा को सुबह का अभिवादन किया और एक बार फिर जन्मदिन की बधाई दी। तृषा का भी "सुप्रभात" और "धन्यवाद" का तुरंत जवाब आया। हम दोनों काफी खुश और उत्साहित थे क्योंकि यह तृषा का पहला जन्मदिन था जो

वह मेरे साथ मनाने जा रही थी। मैंने उसके दिन को अच्छा बनाने के लिए दिमाग में कुछ जोड़-घटाव किए थे।

मैंने सोचा कि हम एक केक और उसके साथ की चीजें ले जाएंगे और हल्का सा म्यूजिक लगाएंगे। वहाँ शांति होगी, तो अच्छे से हम दोनों जन्मदिन मनाएँगे। दरअसल, तय की गई जगह वही शांत जगह थी जहाँ हम लोग अक्सर मिला करते थे। मैंने उसके लिए गिफ्ट के रूप में कपड़े खरीदे थे।

मैंने तृषा से कहा, "मैं दस बजे तक तय की गई जगह पर पहुँच जाऊँगा। तुम भी अब उठो और टाइम से मुझे वहाँ मिलो।"

तृषा ने "हाँ" में उत्तर दिया। मैंने अपना फोन चार्ज पर कनेक्ट किया। नहाने के लिए पानी गर्म था। मैंने स्नान किया। मेरी नजर में जो सबसे बेस्ट कपड़े थे, जिनमें मैं खुद को कोई हीरो मानता था, उन्हें आयरन किया। खूब मेहनत लगाकर एक-एक सिलवट हटाई। खुद पर आधी बोतल परफ्यूम उड़ेली। जूते पहने, चश्मा पहना और हेलमेट को हाथ में लेकर चलने लगा। तभी पीछे से आवाज आई, "साहब, इतनी सुबह इतना बन-ठनकर कहाँ को?" यह आवाज मम्मी की थी। "अरे, वो कॉलेज का कुछ काम है तहसील में। जल्दी जाकर लाइन लगानी पड़ेगी, वरना भीड़ हो जाएगी," मैंने पूरे आत्मविश्वास के साथ झूठ बोला।

झूठ बोलने में, मैं अब पूरी तरह निपुण था – इतना कि सामने वाले के आगे के सवालों में खुद ही प्रश्नवाचक चिन्ह लग जाता था।

मैं घर से चल दिया। रास्ते में एक मंदिर आया। मैं वहाँ रुका, ईश्वर के सामने तृषा के लिए अच्छी विश माँगी, हमारे रिश्ते को सात जन्मों तक एक्सटेंड करने की गुजारिश की, और तृषा जैसी प्यारी जीवनसाथी दिलाने के लिए उनका आभार व्यक्त किया और मंदिर से बाहर आया। मैंने अपना फोन निकाला। देखा, तृषा की एक छूटी कॉल और दो संदेश थे।

"प्लान में चेंज है। जान्हवी और अंकित भी आना चाह रहे थे। वो साथ में आने की जिद कर रहे थे, मैंने हाँ कर दी। अब स्थान बदलना पड़ेगा। जल्दी सोचकर बताओ, मैं नहाने जा रही हूँ।"

मैं इस परिवर्तन के लिए बिल्कुल तैयार नहीं था। इतनी जल्दी अब सब कैसे होगा? यह तृषा हमेशा अचानक ऐसे बम कैसे फोड़ देती है। मैंने प्लानिंग हम दोनों के हिसाब से की थी, अब सब नए सिरे से करना होगा, और सबसे बड़ी बात – सेलिब्रेशन के लिए जगह भी ढूँढ़नी होगी।

मैं जब तक इन सब में उलझा हुआ था, तृषा का फोन आया, "तुमने कुछ सोचा? हम सब तो तैयार भी हो गए हैं।"

"यार, तुम हमेशा अचानक ऐसे बम फोड़ देती हो। अब ऐसे कहाँ जाएंगे? एक तो तुम्हारा भाई भी आ रहा है, अच्छी जगह नहीं हुई तो वो क्या सोचेगा," मैंने गुस्से में कहा।

"मेरी क्या गलती? ये लोग जिद करने लगे, और तुम मेरे जन्मदिन पर मुझ पर गुस्सा कर रहे हो। मुझे कुछ नहीं मनाना अब," उसने भी चिल्लाकर जवाब दिया।

"अरे नहीं, मैं कहाँ गुस्सा कर रहा हूँ। तुम परेशान मत हो, मेरे पास एक सुझाव है। क्यों न उसी कैफे में बैठें, जहाँ हम कुंडली मिलने के बाद बैठे थे। मुझे वो जगह इन चीजों के लिए ठीक लगी। बाकी उससे बात करके थोड़ी देर के लिए उसे बुक कर लेंगे।"

"ठीक है, वही मना लेंगे। और मेरा भाई अच्छा है, वो ऐसे किसी को जज नहीं करता। तुम टाइम से वहाँ पहुँचो, सब व्यवस्था संपन्न करो। हम भी घर से निकल रहे हैं," तृषा ने बेरुखी से जवाब दिया।

ज़रूर वो मुझसे उस बात के लिए नाराज़ हो गई थी।

नाराज़गी पूछने और मनाने का समय नहीं था, इसलिए मैंने उसे बस इतना कहा, "जो आज्ञा, श्रीमती जी।" मैंने बाइक को तीसरे गियर में स्टार्ट किया और कैफे की तरफ भागा।

अध्याय 7

मैं कैफै पहुचा, काउन्टर पर एक भारी भरकम आदमी बैठा था, शायद उसने मुझे पहचान लिया था, मैंने उसे मैनेजर के लिए पूछा, उसने मुसकुराते हुए जबाब दिया, 'सर, यह कोई मैनेजर नहीं है, 'मैं ही हु यहा पर मालिक भी मैनेजर भी और कभी कभी वेटर भी, खेर अभी एक लड़का रखा है वेटर के लिए'।

मैं तृषा का जन्मदिन ऐसे जगह पर मनाने जा रहा हु, मेरा लेवल इतना छोटा तो नहीं था, पर इतने कम टाइम में और कोनसा कैफै ढूढू। मेरे पास अभी तो यही सबसे उपयुक्त विकल्प है।

'मुझे आपका वो फर्स्ट फ्लोर चहिए, दरअसल हमें एक जन्मदिन मनाना है, दो तीन घंटे में हम चले जाएंगे, पर थोड़ा प्राइवसी चाहिए, वहाँ इस दौरान कोई ओर नहीं आना चाहिए'। मैंने काफी सहज तरीके से अपना प्रस्ताव रखा।

'आप कोई चिंता मत करो वैसे भी इस टाइम पर यहा कोई नहीं आता। प्राइवसी ही प्राइवसी है। दुकानदारी ऐसे ही खराब चल रही सर'।

इसकी दुकान का मुझे क्या करना, ये अपना दुखड़ा मेरे सामने क्यू रो रहा, कही ऐसी बाते ये उन लोगों के सामने न कह दे, फिर मेरे होने वाले साले के सामने मेरी इज्जत का तो पोपट हो जाएगा।

ठीक है आप वहा साफ सफाई करवा दो, मेनू कार्ड टेबल पर रख देना, तीन लोग अभी आएंगे आप उन्हे ऊपर बैठ देना। एक जरूरी बात म्यूजिक सिस्टम का होना अनिवार्य है और जन्मदिन और पारंपरिक गाने हो तो सोने पर सुहागा।

'सब है म्यूजिक सिस्टम भी, और ब्लूटूथ जोड़ने का ऑप्शन भी'। उसने कहा।
'बहुत बड़िया, मैं केक लेने जा रहा हु, वो लोग आए तो उन्हे बैठा देना'। मैंने कहा।

मैं उस कैफै से बाहर निकला, तृषा को मैसेज टाइप किया, 'ओए, मैंने उसके मैनेजर से बात कर ली, फर्स्ट फ्लोर तीन घंटे के लिए बुक कर दिया, तुम लोग जाओ वह बैठो गाने सुनो और जो मन करे मेनु कार्ड से ऑर्डर भी कर लेना। मैं पाँच मिनट मैं केक लेके पहुच जाऊंगा'।

'ठीक है हम जा रहे है वहाँ पर, लेकिन ऑर्डर जब तुम आ जाओगे तब ही करेंगे'। तृषा का मैसेज आया।

मैं केक लेने के लिए गया, अपने जीवन में ये शायद पहली बार मैं किसी के जन्मदिन का केक लेने गया था, केक संबंधी कोई जानकारी मेरे पास नहीं थी, उसने मुझे एक मेनू कार्ड थमा दिया, कार्ड से मेरे पाले कुछ नहीं पड़ा, अंत मैं मैंने उसे कहा 'आपके पास जो बेस्ट है वो बना दो'।

'सब बेस्ट है, आप कम से कम फ्लेवर और साइज़ तो बताओ' उसने सवालों भरे चेहरे से पूछा।

मेरे दिमाग में बस एक फ्लेवर आया, स्ट्रॉबेरी। ' स्ट्रॉबेरी बना दो, चार-पाँच लोगों को खाना है, तो जो इस साइज़ का हो बना दो'।

उसने मेरे केक के प्रति इतने सीमित ज्ञान को देखकर हल्की सी मुस्कान से सिर हिलाया।

'नाम क्या लिखना है, सर ?' उसने काउन्टर के अंदर से पूछा।

'तृषा लिख दो', मैंने हल्की आवाज में बोला, जैसे जोर की आवाज में तृषा नाम को नजर लग जाए।

केक बनकर तैयार हुआ, मैं उसे लेके कैफै की तरफ दौड़ा, कैफै पहुच कर मेरी नजर तृषा पर पड़ी, वो आज बहुत खूबसूरत लग रही थी, उसने ग्रीन कलर का सलवार कमीज पहन हुआ था, जैसे मेरी आंखों ने इधर उधर देखना मना कर दिया था, उसके बाद नजर जान्हवी पर पड़ी उसने दूर से मुझे हाइ किया, उसके बगल में एक लड़का खड़ा था, पक्का यही अंकित है, उसकी शक्ल थोड़ा तृषा से मिल रही थी। मैं पास गया, तृषा और जान्हवी से हाथ मिलाया, इतनी देर में अंकित मेरे छूने को झुका। मैंने उसे रोका और कहा इसकी कोई जरूरत नहीं है। मन ही मन मुझे उसके संस्कारों पर बहुत गर्व की अनुभूति हुई।

हम चारों एक वर्गाकार टेबल पर बेठ गए, जैसा की पहले डील हुई थी प्राइवसी का खाश ध्यान रखा जा रहा था। हमने एक दूसरे से बाते करना शुरू किया, तृषा को देखकर मुझे उसे गले लगाने का मन कर रहा था। पर मैंने मर्यादा का पालन करना ठीक समझा। अंकित उतनी ही बाते कर रहा था जितना उससे पूछा जा रहा था, इसका मतलब वो शर्मा रहा था। मैंने खुद को भी थोड़ा शांत रखने का सोचा, और तर्कपूर्ण बाते करना ठीक समझा।

बाते थोड़ा कम हुई, जान्हवी ने ब्लूटूथ कनेक्ट कर हैप्पी बर्थडे टोन बजाई, मैंने तृषा को केक काटने को कहा। तृषा ने केक काटा और पहली बाइट मेरी तरफ बड़ाई, प्यार का इससे बड़ा जीता जागता सबूत और भला क्या ही होता पर मैंने उसे अंकित की तरफ इशारा करते हुए उसे खिलाने को कहा, उसने पहली बाइट अंकित को खिला दी। दूसरी बाइट पर निसन्देश ही मेरा हक था पर वो भी मैंने जान्हवी को खिलाने को कहा, उन दोनों ने भी तृषा को केक खिलाकर अपना ऋण चुकाया। तीसरा बाइट मैंने बड़े चाव से खाया और तृषा को भी खिलाया।

खाने और खिलाने की रसम के पूरा होते ही, जान्हवी और अंकित ने केक उठाया और तृषा पर लगाना शुरू किया। ये रसम मुझे काफी वाहियात लगी, मुझे ये बचपना बहुत बेकार लगा लेकिन मैंने अपना मुँह बंद ही रखा, मैं उस माहौल को खराब नहीं करना चाहता था। मैं अपनी कुर्सी से चिपका रहा और ये वाहियात रसम को एक मुस्कान

से नजरंदाज किया। उन्होंने एक दूसरे को तब तक केक लगाया जब तक उनका मन भर नहीं गया।

मुझे इस बात का आश्चर्य था की मैंने तो बस चार लोगों के खाने भर का केक बनाने को बोल था, शायद ये केक में एक्स्ट्रा मात्र में डाला जाता होगा, दुकानदार की शायद ये मेहरबानी हो। ये भी हो सकता है की ये रसम का हिस्सा है ये बात दुकानदार को पता हो।

मेरे चेहरे पर अभी भी मुस्कान थी, शायद जान्हवी इस बात को कैज़ुअल समझी, उसने केक उठाया और मेरपे लगाने को बड़ी, यहा मेरे सामाजिक और नैतिक मूल्य तितर-बितर हो गए। मैंने बेरुखी सी और म्यूजिक सिस्टम से ऊंची आवाज में बोला 'रुको, ऐसा मत करो, मुझे ये पसंद नहीं है'। मेरी आवाज इतनी ऊंची थी की तृषा और अंकित का सीधा आई-कान्टैक्ट मेरे से हुआ, कुछ देर के लिए शांति सी हो गई, हालांकि म्यूजिक तो चल रहा था पर मेरी आवाज ने सभी के कान बंद करवा दिए थे।

जान्हवी उलटे पाव पीछे मुड़ी। मेरा इस रसम के प्रति ऐसे विरोध की उम्मीद उनमें से किसी को भी नहीं थी, मेरी नजर तृषा से मिली, उसने मुह बना लिया था, और उन दोनों में से भी कोई मेरे से सीधे नजरे नहीं मिल रहा था। इसका मतलब था की मैंने कुछ बड़ा गलत कर दिया। हालांकि मैंने हालात को संभालने की कोशीश की पर मैं असफल था, उसके बाद हमने खाना खाया, बाते हुई पर सारी बाते

गंभीर थी, हसी मजाक वाले माहौल का मैंने अनजाने में गला घोंट दिया था।

टेबल पर अब भी केक बचा हुआ था, ये वो था जिसे मेरे चेहरे पर लगना था, पर मेरे नैतिक मूल्यों ने ऐसा होने नहीं दिया था। मैं इन चार लोगों के समूह में अलग सा दिख रहा था, उन सबके मुह पर केक था और मेरे चेहरे पर आत्मविश्वश। तृषा मेरे इस व्यवहार से गुस्सा थी, मुझे पता था मेरी इसके बाद क्लास लगने वाली है।

वेटर भाई बिल ले आया, और बोला 'इस केक का क्या करना है, पैक कर दु'। वो आग में घी डालने के लिए आया था। उसकी बात सुनते ही तृषा का मुह देखने लायक था। 'हा, भैया इसे पैक कर दो'। तृषा ने मेरी नजरों से नजरे मिलाकर कहा।

हमने कैफै से एग्जिट किया, सब शांत थे, मुझे मेरी उस हरकत के लिए अजीब लग रहा था, शायद मैंने सबका मूड ऑफ कर दिया था। माहौल को संभालना जरूरी हो गया था।

तृषा ने कहा, चलो अब हम घर जा रहे है, तुम भी जाओ'।

अंकित ने हाथ जोड़ कर विदा लेना चाहा, मैंने जेब से कुछ पैसे निकले और उसे देने को बड़ा, उसने आदरपूर्वक लेने से मना कर दिया। उसके बाद वो सब घर की ओर चल दिए।

मेरे मन में हजार भावनाए तैर रहे रहे थे, एक पल के लिए मुझे महसूस हो रहा था की मैंने सही किया, ऐसे सार्वजनिक स्थल पर कौन ऐसी हरकते करता है, केक लगाना है तो घर पर ही सही है, ऐसे बाहर के लोग देखेंगे तो क्या सोचेंगे। इनको तो बचपना है, मैं तो बड़ा हु, मैंने उनको रोककर ठीक किया, और यही मेरा फर्ज था।

दूसरी भावना और थी और वो पहले वाली से ज्यादा प्रबल थी। मुझे ऐसा नहीं करना चाहिए था, अगर ये रसम का हिस्सा था तो थोड़ा बहुत केक लगा देने से मेरकों क्या ही हो जाता, मैंने सभी का मूड ऑफ कर दिया, मुझे इतना सख्त नहीं होना चाहिए था, अंकित मेरे बारे में क्या सोच रहा होगा।

मैं घर पहुचा, तृषा का संदेश था 'बहुत ज्यादा सामाजिक हो आप, मुझे इससे अच्छे जन्मदिन की उम्मीद भी नहीं थी, थैंक यू सर'। इतना तीखा थैंक यू, मतलब मैंने सच में बहुत गलत कर दिया था। मुझे पछतावे की आग ने घेर लिया था, तृषा से बात करने की हिम्मत नहीं थी। लेकिन मैंने फिर भी फोन लगाया और ऐसे बात करना शुरू किया जैसे कुछ हुआ ही ना हो।

'हैलो, क्या हुआ, तुम ऐसा क्यू बोल रही हो'। मैंने इस अंदाज में कहा जैसे कुछ हुआ ही ना हो।

'बहुत अच्छा बर्थडे था, बहुत खुश हुई मैं, और भी बहुत खुश हुए, और तुमहरा इतना सामाजिक होने का लोहा सभी ने माना' तृषा ने आलोचना भरी आवाज में जबाब दिया।

'तुम ऐसे ताने जैसा मार रही हो, साफ साफ बोलो क्या हुआ है, अंकित और जान्हवी ने कुछ कहा क्या' मैंने पूछा।

'तुम इतने नादान हो क्या, तुम्हें नहीं दिखा उनका मूड ऑफ कर दिया था तुम, थोड़ा केक लगाने देते तो क्या बिगड़ जा रहा था' तृषा ने गंभीर आवाज में कहा।

मैंने खुद के उसूलों को बनाए रखा और बहुत देर तक तृषा से अपने सही होने की बात कही, काफी देर तक वार्ता चली, कुछ भी निष्कर्ष नहीं निकला तो तृषा ने फोन कट कर दिया और मैंने भी खुद के ईगो की रक्षा करना बेहतर समझा और विश्राम करने चला गया।

शाम करीब चार बजे मेरी नीद खुली, नीद खुल जाने का कारण बाहर का शोर था। कुछ यूजलेस लोग यूजलेस बाते कर रहे थे। काश ये बाते वर्ल्ड ईकानमी पर होती तो हमारा देश भी आगे बड़ता। ये लोग चाय की चुस्की मीठी शक्कर के साथ ले रहे थे। और चाय पर चर्चा हमेशा से कमाल होती है।

मैं इन सभी लोगों को नजरअंदाज करके सीधा किचन में गया, इस उम्मीद में की मुझे भी चाय मिल जाए। चाय का कप लेके मैं छत पर टहलने लगा। मैंने फोन देखा, तृषा का कोई पेगाम नहीं था। मैंने भी थोड़ा और इंतजार करने का सोच, कोई पेगाम नहीं भिजवाया। मैंने सोचा अगर तृषा का फोन नहीं आएगा तो मैं हु ही, मैं कर लूँगा।

मैं टहलते हुए छत के कोने पर पहुचा और उन यूजलेस बातों को सुनना शुरू किया। मैंने चेहरे पर गंभीरता रखी, ताकि उन लोगों को ऐसा ना लगे की मैं उनकी बाते सुन रहा हु। मैंने अपने दोनों कान समकोण बनाकर ऐसे रखे जिससे उनकी बाते सुन पाउ। उनकी बाते खेतों से संबंधी चल रही थी जिसमें मुझे बिल्कुल मजा नहीं आ रहा था, मैंने खुद को उसी कोण पर बनाए रखा, और फोन देखने लगा, तभी उसी सम्मेलन का एक सदस्य जो हमारे पड़ोसी थे, उन्होंने मेरी मम्मी से कहा 'तुम ऋषि की शादी क्यू नहीं कर देती, थोड़ा घर के कामों में आपका हाथ भी बटा देगी तो बहुत मदद हो जाएगी'। ये बात दिलचस्प थी, इसे सुनकर मैंने उनकी बातों में रुचि लगाना शुरू किया।

दरअसल जवानी के दिनों में खुद की शादी की बात लड्डू के समान होती है, मुझे उनकी वार्ता सुनने में पूरा मजा आ रहा था, मेरे लिए ये लोग अब यूजलेस से यूजफुल बन गए थे।

'हा, शादी तो करनी है, कोई ठीक ठाक लड़की मिल जाती तो कर देते,' मेरी मम्मी ने कहा।
अगर आप सही समझो तो मेरे पास एक बहुत अच्छा रिश्ता है, मेरी बड़ी बहन की बेटी है, वो भी अभी पड़ाई कर रही है, बहुत अच्छे लोग है'।

'ये सुनते ही मेरे मुह की चाय मुह में ही अटक गई, धड़कन की गति बड़ गई। *रिश्ता!, मगर किसके लिए! मैं तो पहले ही तृषा से*

जुड़ चुका हु, अब मेरे लिए कोई रिश्ता किसी काम का नहीं। आप गलत जगह गलत प्रस्ताव रख रहे है। मगर ये बात कोन जानता है? मेरी मम्मी तो ये बात बिल्कुल नहीं जानती। कही वो हा ना कह दे'। मैंने मन ही मन सोच।

'अच्छा, ठीक है तू एक बार बात कर ले, हमें बता देना, फिर आगे का देखेंगे'। मेरी मम्मी ने जबाब दिया।

'ये आखिर हो क्या रहा था। एक मिनट पहले मेरा रिश्ता आया, उसको हरी झंडी भी मिल गई, दूसरा तृषा मुह बना कर बैठी हुई है, ये सारी आफत एक साथ क्यू आया जाती है, अब इसको कैसे पार करू'। मैं दुविधा में फस गया।

मैंने उस सम्मेलन के खतम होने का इंतजार किया और साँस भरी और सीधा जाकर मम्मी के सामने खड़ा हो गया। मैंने पूछा,
"वो आंटी क्या बोल रही थी?"

मम्मी ने आश्चर्यचकित होकर कहा, "किस बारे में?"
"मेरी शादी के बारे में कुछ कह रही थी शायद," मैंने कहा।

"हाँ, वो एक लड़की के बारे में बोल रही थी। उसकी बड़ी बहन की बेटी है, अभी पढ़ाई कर रही है। मैंने बात करने को कहा है," मम्मी ने जवाब दिया।

"बात करने को कहा है, मतलब क्या है आपका?" मैंने आगे जानने की जिज्ञासा से पूछा।

"मतलब सही लड़की होगी तो कर देंगे शादी, और क्या," मम्मी ने जवाब दिया।

"मुझे अभी कोई शादी नहीं करनी। ऐसा थोड़ी होता है कि आप कभी भी ऐसे किसी से बात कर लोगे," मैंने चिड़चिड़ी आवाज़ में उत्तर दिया।

"इतना सीरियस क्या हो रहा है? हम कौन सा कल तेरी शादी करवा रहे हैं। देखेंगे, सही लगेगा तो अगले साल तक करेंगे।"

मेरे पापा साइड में खड़े होकर चाय पी रहे थे और मम्मी की हर एक बात पर हाँ में हाँ मिला रहे थे। मेरा मन घबरा रहा था। अगर अभी नहीं बोला तो कार्ड छपने में देर नहीं लगेगी, उसके बाद मेरे हाथ में कुछ नहीं बचेगा।

मेरा दिल ज़ोर-ज़ोर से कह रहा था–यही वो सही समय है जिसकी बात तूने तृषा से की थी। मुझे अभी तृषा के बारे में बता देना चाहिए। मैंने दिमाग पर शब्दों को क्रम में बैठाया, हिम्मत से मुट्ठी भींची और एक साँस में कहा,

“मैं एक लड़की को जानता हूँ, उसका नाम तृषा है, वो मुझे बहुत अच्छी लगती है।”

बस इतने में ही अटक गया। मुट्ठी खुल गई, आगे बोलने के लिए मुँह में शब्द नहीं बचे। *मैं उससे प्यार करता हूँ, बस उसी के साथ ज़िंदगी बिताना चाहता हूँ, कुंडली भी मिला लाया हूँ, होने वाली सास और साले से भी मिल लिया हूँ,* ये सारी बातें मुँह पर आकर रुक गईं, बाहर नहीं निकल पाईं।

मम्मी-पापा एकटक मेरी तरफ देखने लगे। मैंने नज़रें चुराना शुरू किया और उनके आने वाले सवालों के सैलाब को रोकने के लिए जवाब ढूँढने लगा। मिडिल क्लास फैमिली में ऐसे प्यार के इज़हार को वाहियात समझा जाता है, और बहुत मुश्किल है इसका इज़हार

करना। उनके चेहरों से साफ लग रहा था कि मैंने ये "वाहियात" काम कर लिया है।

सन्नाटा छा गया। शायद ये तूफान से पहले की शांति हो। मैं खुद को तूफान के लिए तैयार करने लगा, लेकिन कोई तूफान नहीं आया।

अभी समय साँझ का था, और जो अभी-अभी हुआ था वो काफी विचित्र था। हवा का रुख बदल चुका था। वही सन्नाटा बना हुआ था–शायद हम सब गूँगे हो चुके थे या बोलने की भाषा भूल चुके थे। फिर पापा, जो चाय पी रहे थे, उसे अधूरा छोड़कर किचन से बाहर निकल गए। उनके इस शांत, चुपचाप निकल जाने से ऐसा लगा मानो उन्होंने पिछले पाँच मिनट में जो कुछ भी हुआ, उसे न देखा, न सुना।

इग्नोर करने का इससे बेहतर तरीका मैंने पहले कभी नहीं देखा था। पापा का इस तरह बाहर जाना क्या मतलब रखता था, ये तो मुझे समझ नहीं आया, पर इसने मेरी बेचैनी ज़रूर बढ़ा दी। मेरी नज़र मम्मी पर पड़ी। उनके चेहरे पर सवाल साफ दिख रहे थे। वो कुछ बोलतीं, उससे पहले ही मैंने फोन पर तृषा की सबसे सुंदर फोटो उनके सामने रख दी। वैसे तृषा की हर फोटो सुंदर ही होती थी, खासकर तब जब वो सुबह उठती थी–उसका चेहरा बच्चों से मिलता था।

मम्मी ने तृषा को एक नज़र देखा, और ऐसा जताया कि उसकी खूबसूरती से उन्हें कोई खास फर्क नहीं पड़ा। थोड़ी देर बाद उन्होंने अपना पहला सवाल दागा,
"कौन है ये? कहाँ रहती है?"

"यहीं पास की है। साथ में स्कूल पढ़े हैं। मुझसे दो क्लास जूनियर है। तृषा नाम है इसका," मैंने पूरे आत्मविश्वास से कहा।

"इसके माँ-बाप क्या करते हैं?"

"पापा की गिफ्ट की दुकान है, मम्मी हाउसवाइफ हैं। एक छोटा भाई है, वो पढ़ाई कर रहा है। बहुत अच्छे लोग हैं," मैंने सहज भाव से जवाब दिया।

"तुझे कैसे पता अच्छे लोग हैं? तुम्हारा कब से चल रहा है?"

ये सवाल थोड़ा गंभीर था। मैंने कहा, "एक साल होने वाला है।"

"एक साल हो गया और हमें आज बताया जा रहा है। आजकल के बच्चों का ऐसा ही है, समय खराब आ गया है।"

ये ताना मारकर मम्मी अपनी जगह से उठीं और बाहर चली गईं। मम्मी-पापा के ऐसे रिएक्शन को देखकर मैं समझ गया कि आगे की राह आसान होने के बजाय और मुश्किल है। अगर मेरी तरफ से

इतनी कठिनाई है, तो तृषा तो लड़की है–उसे अपने घरवालों को मनाने में बहुत मेहनत लगेगी। किसी ने सच कहा है, इश्क़ की राह बहुत मुश्किल है–आज मुझे महसूस भी हो रही थी।

दरअसल ये वो समय था जब पेरेंट्स ही अपने बच्चों के लिए जीवनसाथी ढूँढते थे। लव मैरिज वाला कोई कॉन्सेप्ट ही नहीं था। वो कभी अपने बच्चों को इस लायक नहीं समझते थे कि वो अपने जीवनसाथी को चुनने का निर्णय ले सकें।

माँ-बाप अपने बच्चों के लिए हर निर्णय उनकी भलाई सोचकर लेते हैं–ये मैं भी मानता हूँ, पर उनका लिया हुआ हर निर्णय उनकी भलाई ही करेगा, इसकी कोई गारंटी नहीं है। मेरी स्थिति में भी यही था। खैर, बात बनी या नहीं बनी ये तो मुझे नहीं पता, पर हमारी गाड़ी एक कदम और आगे बढ़ चुकी थी।

मैंने तृषा को लिखा,
"वो सही समय आज आया जिसका मैंने तुमसे वादा किया था, मैंने मम्मी-पापा के सामने तुम्हारी बात कर दी।"

आगे मैंने जानबूझकर नहीं लिखा, ताकि वो इस बात को जानने की उत्सुकता में सुबह वाली बात भूल जाए।

कुछ समय बाद तृषा का फोन आया। उसने उत्सुकता से पूछा, “क्या ये सच है, तुमने मम्मी-पापा को बता दिया?” वास्तव में वह सुबह की बात भूल चुकी थी, मेरी योजना हमेशा की तरह सफल रही।

“हाँ, मैंने आज उन्हें बता दिया,” मैंने शांत स्वर में कहा।
“क्या कहा उन्होंने? तुम तो बोल रहे थे कि तुम पापा के सामने बोल ही नहीं पाओगे। आज इतनी हिम्मत कहाँ से आ गई?” तृषा ने बड़ी उत्सुकता से पूछा।

“कोई हिम्मत नहीं आई, मजबूर हो गया था। आज नहीं बताता तो बहुत बड़ी गड़बड़ हो जाती मैडम,” मैंने जवाब दिया।

“क्या गोल-गोल बातें घुमा रहे हो, साफ-साफ शब्दों में बताओ क्या हुआ, ऐसी कौन सी मजबूरी आ गई थी?” तृषा ने पूछा।

“बात तो बड़ी कमाल की है डार्लिंग, रिश्ता आया था तुम्हारे ऋषि के लिए। बगल की एक आंटी हैं, वो लेकर आई थीं। मम्मी ने उन्हें हाँ भी कर दी, तभी मैंने एंट्री की और हमारे बारे में बता दिया। अगर नहीं बताता तो आगे फिर उसके साथ मेरे शादी के कार्ड छपते,” मैंने जवाब दिया।

“कैसे? क्या-क्या बोला तुमने? और उन्होंने फिर क्या कहा?” तृषा ने उत्सुकता से पूछा।

"मैं एक लड़की को जानता हूँ, उसका नाम तृषा है, वो मुझे बहुत अच्छी लगती है," बस एक साँस में इतना ही बोल पाया।

"तो आगे का अगली साँस में बोल लेते," तृषा ने कहा।

अरे अगली साँस में कुछ भी बोलने की हिम्मत नहीं आई, वरना मैं तो कहना चाह रहा था–*मैं उससे बहुत प्यार करता हूँ, बस उसी के साथ जिंदगी बिताना चाहता हूँ, तुम्हारे हिस्से का काम भी खुद कर लिया हूँ, कुंडली तक मिला लाया हूँ और होने वाली सास, साले से भी मिल लिया हूँ।*

"वाह, बहुत खूब! क्या बेहतरीन तरीका है घर वालों के सामने प्यार का इज़हार करने का। इस तरीके को तुम्हें प्रकाशित करना चाहिए। खैर, उन्होंने क्या कहा?" तृषा ने पूछा।

"कुछ भी तो नहीं कहा। पापा ऐसे इग्नोर करके निकल गए जैसे उन्होंने कुछ सुना ही नहीं। और मम्मी ने थोड़ा-बहुत सवाल किए–तुम कहाँ रहती हो, तुम्हारे मम्मी-पापा क्या करते हैं, और भी एक-दो चीज़ बस," मैंने जवाब दिया।

"अपनी सहमति दी कि नहीं?" तृषा ने पूछा।
"वो भी कुछ बोले बिना वहाँ से चली गईं। कुछ साफ-साफ नहीं बोला," मैंने कहा।

“इसका मतलब उनकी तरफ से कुछ भी साफ नहीं हुआ। तुम्हें कुछ आता भी है? तुमने अगर ढंग से बात की होती तो शायद बात बन जाती है। हर जगह तुम्हारा यही ड्रामा है,” तृषा ने गुस्से भरी आवाज़ में कहा।

उसके इस ताने पर मैंने ज्यादा प्रतिक्रिया नहीं दी। वरना सुबह वाली बात दोबारा सत्ता में आ जाती। थोड़ी देर तक सामान्य बहस चली, फिर सब सामान्य हो गया। छुट्टियों के दिन पूरे हुए और मेरे अंतिम सेमेस्टर का रिज़ल्ट भी आने वाला था। मैं फाइनल आउटगोइंग और प्लेसमेंट के लिए कॉलेज वापस गया।

मैंने तीन कंपनियों में इंटरव्यू दिया, सैलरी और जॉब सिक्योरिटी देखकर उनमें से एक कंपनी में इंटर्नशिप के लिए तैयार हुआ। कुल मिलाकर मैं अब बेरोज़गार नहीं था, मुझे लगभग पाँच लाख सालाना का पैकेज मिला। इतना पैसा तृषा के जिंदगी भर के नखरे उठाने के लिए पर्याप्त था। तृषा इस बात से काफी खुश थी, ये बात उसने अपनी मम्मी को भी बताई, वो भी काफी खुश थीं।

अध्याय 8

मैंने इंटर्नशिप के लिए कंपनी में रिपोर्ट किया। वहाँ का जॉब प्रोफाइल मुझे ठीक-ठाक लगा, काम ज्यादा बोझ वाला नहीं था, पर लंबे वर्किंग ऑवर का थोड़ा-बहुत इश्यू था। मैं अपने काम में अच्छा-खासा डूब गया था। सब कुछ शांति से चल रहा था, क्योंकि शांति भंग करने और होने के लिए समय चाहिए होता है, जो हम लोगों के पास आजकल कम था। मैं अपनी इंटर्नशिप में व्यस्त था और तृषा अपने फाइनल ईयर के पेपर्स में। लेकिन ये शांति ज्यादा दिन तक चली नहीं।

एक दिन सुबह तृषा ने मुझसे कहा, "उसकी रिश्तेदारी में एक बहन है जिसकी शादी है, उसे वहाँ जाना है।"

ये प्रस्ताव उसने काफी सहज भाव से रखा था, इसलिए मैंने उसे जाने को कहा। वैसे मैंने उसे कहीं भी जाने से रोका-टोका नहीं था। हाँ, इतना जरूर था कि मैं उससे कुछ सवाल करता था—कहाँ, क्यों, किसके साथ, कब तक। उत्तर संतोषजनक मिलता तो मैं उसे कभी नहीं रोकता। आज भी उसने कहा कि उसकी दादी चलने के लिए बोल रही हैं और वैसे भी उसका आखिरी एग्ज़ाम बचा हुआ है, उसमें अभी आठ-दस दिन हैं। मैंने उसे जाने और वहाँ एंजॉय करने को कहा। जैसा तृषा मुझसे कहती थी कि हमेशा टच में रहना, वैसा मैंने भी कहा।

अगले दिन तृषा अपनी दादी के साथ शादी में चली गई, मैं भी अपनी इंटर्नशिप के लिए ऑफिस चला गया। हमारी सुबह ही थोड़ी देर बात हुई थी, वो भी तब जब वो तैयार हो रही थी। उसने कहा, "चलो मैं जाती हूँ, जैसे वहाँ टाइम मिलेगा मैं फोन करती रहूँगी, और मैं कैसी लग रही हूँ बताओ, मैं तुम्हें फोटो भेज रही हूँ।"

उसने फोटो भेजा, उसने वही सूट-सलवार पहना था जो मैंने उसे उसके बर्थडे में गिफ्ट किया था। मेरी कपड़ों पर पसंद इतनी बेहतर है, ये मुझे उसी दिन पता लगा। तृषा बहुत सुंदर लग रही थी। मैंने उसे कॉम्प्लिमेंट में लिखा, "बहुत प्यारी लग रही हो, देखा मेरी चॉइस, तुम पर ये ड्रेस बहुत सूट कर रहा है।"

आज शनिवार था, इंटर्नशिप का हाफ हॉलीडे था। मतलब आज ऑफिस में दोपहर तक रहने की अनुमति थी। मैं दोपहर में कमरे पर वापस आ गया, खाना खाया और फोन देखा–तृषा का कोई फोन या संदेश नहीं आया था। मैंने भी उसे डिस्टर्ब नहीं करने का सोचा। जैसे ही वो फ्री होगी, खुद ही कर लेगी सोचा। वैसे भी इतने सारे लोगों के बीच फोन निकालकर बात करना उसके लिए अजीब होगा।

शाम को दो-तीन घंटे बाद नींद खुली, तृषा का अभी तक कोई फोन नहीं आया था। अब मैं बोर हो रहा था। बाकी दिन इसी समय तक हमारी दो-तीन बार बहस हो जाती थी, पर आज वो भी मिसिंग था।

जो पहले मैं उसे डिस्टर्ब नहीं करना चाहता था, वो नैतिक मूल्य खत्म होने वाले थे। तृषा को एक फोन तो करना चाहिए था, नहीं तो कम से कम एक मैसेज तो कर ही सकती थी।

फिर मुझे तृषा की सारी शिकायतें सही लगने लगीं–"*तुम फोन नहीं करते, टाइम नहीं देते, मैं तुम्हारा इंतज़ार करते-करते थक जाती हूँ।*"

मैंने खुद की कमी महसूस की और इंतज़ार करने का सोचा।
मैं बाहर दोस्त के साथ टहलने चला गया, एक-दो घंटे बाज़ार घूमा, कुछ सामान खरीदा और कमरे पर पहुँचा। तृषा का अभी तक कोई फोन या मैसेज नहीं था। अब ये ज़्यादा हो रहा था। इतना बिज़ी मैं कभी नहीं रहा, और रहा भी तो मैंने हमेशा पहले एक मैसेज किया है कि मैं बिज़ी हूँ और इस समय तक फ्री हो पाऊँगा।

मैंने गुस्से में फोन लगाया। तीन-चार रिंग के बाद उसने फोन उठाया–"हेलो, क्या हुआ?"

"क्या हुआ मतलब? सुबह की शाम हो गई, तुमने एक मैसेज तक नहीं किया कि सब ठीक है। और सुबह तो बड़ा बोलकर गई थी कि टाइम मिलते ही बात करूँगी। इतना टाइम तो दुल्हन को नहीं मिलता जिसे दस रस्मों पर बैठना होता है," मैंने गुस्से से कहा।

"मैं थोड़ा बिज़ी थी, और वैसे भी इतने लोगों के बीच मैं कैसे बात करती," उसने कहा।

"चलो माना फोन पर बात नहीं कर सकती, पर एक बार हाल-चाल बताने का भी नहीं सोचा?" मैंने और ऊँची आवाज़ में कहा।

"ठीक है, मुझे दादी बुला रही हैं, मैं कल बात करूँगी, गुड नाइट," उसने जल्दी में फोन काट दिया।

मुझे उसके इस अजीब व्यवहार पर थोड़ा शक हुआ, पर खुद को समझा लिया कि शायद सच में बिज़ी हो। अगले दिन रविवार था। जो की मेरी छुट्टी का दिन था। आज भी आधा दिन निकल गया, उसकी कोई खबर नहीं थी। अब मेरा मन घबराने लगा था–कुछ न कुछ गड़बड़ है। ऐसा पहले कभी नहीं हुआ था।

मैंने फिर फोन लगाया। उसने पहली रिंग में फोन काट दिया, मैसेज आया–"मैं गाड़ी में हूँ, मेरी दादी पास में हैं, घर जाकर बात करती हूँ।" तृषा घर पहुँची, उसने फोन किया।

"बड़ा भाव खा रही थी कल तक, एक मैसेज तक नहीं किया," मैंने कहा।

"मैं बिज़ी थी, मुझे टाइम नहीं लगा," उसने कहा।

मैं चिल्लाया–"अगर एक बार और ये 'बिज़ी' शब्द बोला ना, तो मुझसे बुरा कोई नहीं होगा।"

वो बोली–"चिल्लाओ मत, हर बात पर चिल्लाते रहते हो।"

कुछ सेकंड चुप रहने के बाद उसने कहा, "मेरी वहाँ दादी ने शादी तय कर दी। वो लड़का मेरी दीदी का देवर है। आज कुंडली आने वाली है।"

ये सुनकर मेरे होश उड़ गए। मैंने बस पूछा–"अब क्या होगा?"

उसने कहा–"मेरा दिमाग काम नहीं कर रहा।"

मैंने गुस्से में कहा–"अभी जाओ और अपने घर में सबको हमारे बारे में बताओ।"

वो बोली–"मैं कुछ नहीं कर सकती। सबको पता चल गया।"

मैं और भड़क गया, "तो फिर मेरी बात करवाओ।"

वो बोली–"तुम मेरे घरवालों से ऐसी बात नहीं कर पाओगे"

मैंने कहा–"देखो तृषा, मुझे ये ड्रामा अगले पाँच मिनट में खत्म चाहिए।"

वो बोली–"तुमसे गुस्सा करने और चिल्लाने के अलावा कुछ नहीं हो सकता," और फोन काट दिया।

अब मेरे मन में बस गुस्सा था–मुझे लग रहा था कि मैं और चिल्लाऊँगा और उसका ये जो कल से बर्ताव है उसे अच्छे से निकाल दूँगा।

तृषा का एक घंटे बाद फोन आया। मैंने तुरंत फोन उठाया–
"जल्दी बोलो क्या हुआ, सब क्लियर कर दिया ना?"

"उस लड़के की कुंडली आ गई है, सारे घरवालों को वो रिश्ता बहुत पसंद आया है। पंडित जी को हम दोनों की कुंडली भेज भी दी है," उसने गहरी आवाज़ में कहा।

"तुम क्या कह रही हो ये? मैंने तुम्हें समाचार लेने को कहा था क्या? मैंने तुम्हें ये सब खत्म करने को कहा था!" मैंने चिल्लाकर कहा।

"मैं कुछ नहीं बोल पाई," उसने शांत स्वर में कहा।

"तुम ऐसा क्यों कर रही हो, आखिर बात क्या है?" मैंने थकी आवाज़ में पूछा।

"तुम गलत मत समझना, पर मेरे मन में कुछ सवाल हैं। घरवालों से बात करने से पहले मैं उनको क्लियर कर देना चाहती हूँ," उसने गंभीर आवाज़ में कहा।

"सवाल! कौन से सवाल? इस समय पर तुम्हें कौन से सवाल पूछने हैं? बाद में कर लेना ये ड्रामा भी," मैंने कहा।

"हर चीज़ ड्रामा नहीं होती। ये सवाल मुझे अभी पूछने हैं, ये मेरे फ्यूचर से जुड़े हैं," उसने कहा।

"पूछो, क्या पूछना है?" मैंने जवाब दिया।

"देखो, आज हमारे रिश्ते को लगभग दो साल हो गए हैं। जैसा पहले तुमने बहुत सारे वादे किए थे, उनमें से कुछ ही तुमने पूरे किए। मुझे सच कहूँ तो तुम्हारे साथ कैदी जैसी फीलिंग आती है। तुम रोक-टोक बहुत ज़्यादा करते हो, हर चीज़ में सवाल-जवाब करते हो। पहले की तरह समय भी नहीं देते हो। लड़ते भी हो, बहस भी करते हो। मुझे इन सबका हल चाहिए," तृषा ने पूरी ताकत के साथ कहा।

तृषा की बातों से साफ था कि वह अब तुलना करने लगी थी। उसने प्रेम को साइड कर भविष्य को चुना था। उसकी बातों से मैं समझ चुका था कि मैं अब विकल्प बन गया था। उसके फैसले का आधार प्रेम के बदले भविष्य था। अपने प्रति उसके प्रेम को भविष्य के सामने दम तोड़ते देखकर मेरा मन करुणा से भर गया।

मेरा प्रेम और तृषा से उसी पल विश्वास उठ गया था। मेरे दिल में तृषा के प्रति सारी भावनाएँ सूख रही थीं। संसार और प्रेम की सच्चाई का ये रूप देख मेरा पूरा विश्वास हिल गया।

मैंने तृषा से हारी हुई आवाज़ में कहा, "क्या हल चाहिए तुम्हें? जितना मुझसे तुम्हारे लिए बेहतर हो पाया, वो आज तक मैंने किया। मैं कोई रोबोट नहीं हूँ, मेरे अंदर भी भावनाएँ हैं। गुस्सा करना, गलत बातों पर रोकना मेरा हक है। मुझे अपनी इस बात पर कोई पछतावा नहीं है। आज तुम्हारे मुँह से निकली ऐसी बातों ने मेरे प्रति तुम्हारे प्रेम को समझा दिया। तुम्हें, जिसे मैं अपना सब कुछ मान चुका था, खुद को एक विकल्प बना देख आज मैंने सच को देख लिया। फिर भी अगर तुम्हें इन सब चीज़ों से प्रॉब्लम है, तो तुम बेशक अपने बेहतर भविष्य का निर्माण करो, मैं तुम्हें बिल्कुल नहीं रोकूँगा।"

तृषा के मुँह से एक शब्द नहीं निकला। उसने एक बार के लिए ये तक नहीं कहा कि तुम विकल्प नहीं हो। कुछ समय चुप्पी रही, मैं तृषा का जवाब बिना कहे समझ गया था। मैं समझ गया था कि तृषा को मुझसे ज़्यादा उस लड़के के साथ बेहतर भविष्य दिख रहा है। मैंने फोन काट दिया।

उस बात को बीते तीन-चार दिन हो गए। तृषा का कोई कॉल या मैसेज नहीं आया। इसका मतलब था कि उसका कुंडली मिलान सफल रहा होगा, और अब तक तो कार्ड के डिज़ाइन बनने को तैयार होंगे। मेरे चेहरे से मुस्कान गायब हो चुकी थी, मेरा किसी से बात करने का मन नहीं था। दुनिया की सच्चाई ऐसे देख मेरा मन टूट चुका था। अपने बेहतर भविष्य देखना गलत नहीं है, पर उसके लिए इतना लालची होना गलत है।

बस चंद चीज़ों के बेहतर मिलने से तुम अपने किए गए वादे भूल जाओ, ये भी कोई न्याय की बात नहीं है। यहाँ न्याय-अन्याय देखने के लिए कोई कोर्ट नहीं थी। बस मैं था, जो उत्पीड़ित भी था और गुनहगार भी।

जिस तृषा के साथ मैं अपने जीवन की नाव में बैठने को तैयार था, वो बस एक लहर देखकर पीछे हट गई। मुझे अपनी चाहत से नफ़रत होने लगी। मेरे लिए ये असहनीय था, पर दुनिया की नज़रों में मुस्कुराना ज़रूरी था। एक-दो दिन तो मैं बीमारी के बहाने ऑफिस नहीं गया, लेकिन जब नोटिस आया तो मुझे तीसरे दिन जाना पड़ा।

वहाँ दिन भर काम के दौरान मेरा मन इस बात से थोड़ा हटा रहता था, लेकिन जैसे ही कमरे में आता, तो यही बातें मेरे सिर पर चढ़ जाती थीं। बहुत मुश्किल समय से मैं खुद को निकाल रहा था।

लगभग एक हफ्ते बाद मैं अपनी इंटर्नशिप की क्लास में था। फोन वाइब्रेशन पर था। तृषा का कॉल आया। मेरा मन फोन उठाना चाहता था, पर क्लास में होने के कारण उठा नहीं सकता था। ये फोन शायद उसकी शादी का इनविटेशन भी हो सकता था। फोन कट गया। उसी पल उसका मैसेज आया, "फोन उठाओ जल्दी, मेरी कुंडली उसके साथ नहीं मिली। मैंने वहाँ शादी को मना कर दिया है। मैं तुम्हारे बारे में घरवालों को अभी बताना चाहती हूँ। मुझे जल्दी से फोन करो।"

कहानी में ये नया ट्विस्ट था। तृषा की उस लड़के के साथ कुंडली नहीं मिल पाई—इससे अच्छी खबर शायद ही मेरे लिए कुछ होती। मेरे शरीर का रोम-रोम नाच रहा था, बस एक अंग को छोड़कर—वो था दिमाग। दिमाग को इस खबर से कोई फर्क नहीं पड़ा। शायद इसी को ज्ञानी लोग मैच्योरिटी के नाम से जानते हैं।

कितनी झूठी है त्रिशा। एक हफ्ते बाद बोल रही है कि "मैंने शादी से मना कर दिया।" असल में कुंडली नहीं मिलने के कारण उसका रिश्ता कैंसल हुआ है, और तब जाकर वो मेरे पास आई है। इसने थोड़ी मना किया, बल्कि मैं जो विकल्प इसने बचाकर रखा था, वो पहले के फेल होने के कारण अब सामने आया है।

ये खुद को इतना स्मार्ट समझती है या दुनिया को बेवकूफ? मैं अब तक इसकी सच्चाई से अनभिज्ञ था, अब इसकी सच्चाई जान चुका हूँ। मैं इसे कोई फोन नहीं करूँगा। मेरे दिमाग ने शरीर के एक-एक अंग पर अपना नियंत्रण पा लिया।

मैंने क्लास पूरी होने के बाद भी कोई फोन नहीं किया और टी ब्रेक के समय मैं कैंटीन चला गया, वहाँ मैंने कुछ खाने का लिया। अब तक तृषा के दस से ऊपर मिस्ड कॉल आ चुकी थीं। दिमाग ने इनको भी नजरअंदाज किया।

फिर तृषा का मैसेज आया, "तुम फोन क्यों नहीं उठा रहे हो? जल्दी करो, वरना देर हो जाएगी।"

मैंने भी मैसेज में जवाब दिया, "क्या हुआ, क्यों बार-बार फोन कर रही हो, मैं लेक्चर में हूँ, जो कहना है मैसेज छोड़ दो, मैं देख लूंगा।"

"जल्दी से अपने पेरेंट्स से बात करो, मेरी मम्मी उनसे बात करना चाहती हैं।"

"क्यों, मुझे किस बारे में बात करनी है?" मैंने तीखी आवाज में जवाब दिया।

"तुम्हारा दिमाग ठीक है, हमारे बारे में करनी है और किसकी?"

मैंने अब फोन लगाया और कहा, "कौन से हमारे की बात कर रही हो। हम तो असलियत में कभी थे ही नहीं। जी हाँ, अब जाकर मेरा दिमाग ठीक हुआ है। चार दिन पहले ये हमारा सिर्फ तुम्हारा बन चुका था, अब तुम्हारा भविष्य खतरे में नहीं है। आप उसी भविष्य के पास जाइए जो आपने चुना था। मैं किसी से कोई बात नहीं करने वाला हूँ।" मेरी आवाज में दुख था, और स्वाभिमान भी साफ-साफ झलक रहा था।

"सुनो, मैं तुम्हारे लिए वो रिश्ता तोड़ कर आई हूँ, मैं हमारे प्यार के लिए कर के आई हूँ, और तुम यहाँ मुझे ड्रामा दिखा रहे हो," उसने चिल्लाकर कहा।

मेरे मुँह से जोर की हँसी निकल गई। आस-पास के लोगों ने सहसा मेरी ओर देखा। मैंने कहा, "तुम रिश्ता तोड़ कर आई हो, मेरे लिए? नहीं-नहीं, प्यार के लिए शायद! कितना त्याग कर के आई हो ना!" मेरी आवाज में विश्वास था।

"तुम्हें हँसी आ रही है, इतनी गंभीर परिस्थिति में तुम मुस्कुरा रहे हो। मैं पागल तुम्हारे लिए सबसे लड़ने के लिए तैयार हूँ, तुम्हें तो कोई फर्क नहीं पड़ रहा।"

मैंने कहा, "तृषा, तुम मुझे बेवकूफ समझती हो? लेकिन मैं हूँ नहीं। सच क्या है, मैं तुम्हें बताता हूँ सुनो–तुम आज एक हफ्ते बाद जिस प्यार, त्याग का ढोंग लेकर मेरे सामने आई हो, वो इसलिए कि तुम्हारा उस लड़के से कुंडली मिलान नहीं हो पाया। वरना ये फोन तुम आज हँसते-हँसते मुझे निमंत्रण देने के लिए करती। मैं तुम्हारे लिए एक विकल्प हूँ और विकल्प कभी भी छोड़ा जा सकता है। काश मेरी तरह तुम भी मुझे अपना एक मात्र भविष्य मानती तो इन बातों को समझ पाती। ये बड़े-बड़े झूठ कि मैंने तुम्हारे लिए रिश्ता तोड़ दिया कहना बस एक बहाना है, असल में तुम्हारे पास अभी के लिए मेरे अलावा और कोई विकल्प नहीं है, और हो सकता है कुछ दिनों बाद कोई और आ जाए तब भी यही होगा। मैंने तुम पर अपना विश्वास खो दिया है, और बिना विश्वास के ये रिश्ता कभी फलदायक नहीं हो सकता।" ऐसा कहते वक्त मेरी आवाज में कंपन था।

"तुम्हें क्या हो गया यार, ठीक है मुझसे गलती हो गई थी, मैं मजबूर थी। मैं माफी मांगती हूँ, पर अभी सही गलत ढूंढने का समय नहीं है," तृषा ने करुणा भरी आवाज में कहा।

"किसी का गला काटने के बाद सॉरी बोलना कितना आसान है ना? और हाँ, तुम्हारी कोई मजबूरी नहीं थी, तुम लालची हो गई थी। मौका मिलते ही तुम भविष्य चुनने लगी थी। ऐसे मौके मुझे भी मिले थे लेकिन मैंने हर बार तुम्हें चुना, पता है क्योंकी मैं बेवकूफ था पर अब मैं बेवकूफ नहीं बनना चाहता," मैंने कहा।

"अब मुझसे गलती तो हो गई है, चाहे मैंने किसी का गला ही काट लिया हो, मैं हर सजा के लिए तैयार हूँ, पर जो गलती मैंने की वही तुम मत करो, ऐसे हमारा रिश्ता मत तोड़ो। मैं तो नादान थी तुम तो नहीं हो," उसने सिसकते हुए कहा।

आज उसके आँसू भी मुझे कमजोर नहीं कर पा रहे थे, मैं इतना क्रूर नहीं था, पर आज कैसे मेरे अंदर का भाव बदल गया। मैंने क्रूरता से कहा, "तुम मुझे अब कभी फोन मत करो, इसे यहीं त्याग दो, और अपने पसंदीदा भविष्य को चुनो, यही सजा है तुम्हारी," और फोन काट कर स्विच ऑफ कर दिया।

मेरे पाँव काँप रहे थे, मेरे आँसू आँखों से बाहर निकलने के लिए तड़प रहे थे, मैं टूट चुका था, जिस प्यार के लिए मैंने इतनी जंग जीती थी आज उसे एक झटके में तोड़ दिया था, मेरा स्वाभिमान

मेरी भावनाओं पर पूरी तरह हावी था, मैं रोना चाहता था, मैं सहारा ढूंढ रहा था, पर आस-पास ऐसा कोई नहीं था। मेरा दिमाग मुझे संभालने की कोशिश कर रहा था पर असफल था। जरूर अब तक वो सख्त था पर अब वो भी कमजोर पड़ने लगा था।

लेकिन मैंने खुद को संभाला, खुद को कुर्सी से उठाया और जो खाना लिया था उसको ज्यों का त्यों डस्टबिन में फेंक दिया और अपने ऑफिस की ओर चल दिया।

अध्याय 9

उस दिन के बाद मेरा कहीं मन नहीं लगता, तृषा और उसके साथ बिताए गए उन लम्हों के बारे में सोचकर मेरा सिर दर्द करने लगता, मैं दवा खाता और सो जाता, कई दिन तक यही चलता रहा, मेरा इंटर्नशिप में भी मन नहीं लगता, मेरा परफॉर्मेंस लगातार गिरता जा रहा था। मैं किसी से कोई बात नहीं करता था।

इसी तरह कुछ दिन बीते, हमारा इंटर्नशिप खत्म हुआ और मुझे मुंबई ब्रांच जॉइन करना था, उससे पहले हमें दो हफ्ते की छुट्टी मिली। मैंने अपना सामान बांधा और घर आ गया।

मेरी हालत देख कोई भी बता सकता था कि मेरे साथ कुछ तो गलत हुआ है, मम्मी मुझसे बार-बार पूछें और मैं मुस्कुरा कर झूठ बोल देता, जब उसने बहुत जबरदस्ती की तो मैंने उसे सब बता दिया। उसने तृषा को एक-दो खरी-खोटी सुनाई और फिर खुद ही नॉर्मल हो गई जैसे ये उसके नजर में कोई बहुत बड़ी बात नहीं थी।

घर आए एक-दो दिन हुए थे, मैं खुद के घावों पर संगीत सुनकर मरहम लगा रहा था कि जाह्नवी का कॉल आया। ये पहली बार था जब जाह्नवी का मुझे कॉल आया था, इससे पहले हमारी बात तब ही हुई थी जब तृषा रूठ जाती और मैं जाह्नवी की मदद लेकर उसे मनाता था।

मैंने फोन उठाया, “हाय जाह्नवी, बोलो आज फोन जो कैसे कर दिया,” एक झूठी हँसी के साथ बोला।

“करना पड़ा, बात जो कुछ ऐसी है,” उसने जवाब दिया।

“क्या हुआ ऐसा, तुम्हारी तबीयत ठीक है ना? तुम्हारा प्रेम प्रसंग तो ठीक ही होगा,” मैंने पूछा। मन ही मन मुझे आभास हो गया था कि ये जरूर मेरे और तृषा के बारे में बात करने आई है।

“मेरा तो सब कुछ ठीक है, तबीयत भी और प्रेम प्रसंग भी, पर किसी और का खराब चल रहा,” जाह्नवी ने उत्तर दिया।

मैं किसी और का कहने पर समझ गया था कि बात तृषा की हो रही है, इसलिए मैंने कोई और टिप्पणी नहीं की और कहा, “अच्छा, और सुनाओ, क्या चल रहा है।”

जाह्नवी ने मेरी मनःस्थिति जान ली कि मैं तृषा के बारे में बात करने से बच रहा था। उसने सीधे कहना शुरू किया, “तुम्हारे और तृषा के बीच में क्या गड़बड़ हुई है?”

मैं कुछ नहीं बोला। मुझे चुप देखकर उसने कहा, “ऐसे ही चुप रहो, तुम भी वो भी। उससे पूछा, उसके मुँह से एक शब्द नहीं निकलता है, बस रोते रहती है। और तुम भी कुछ मत बोलो, ऐसे ही हो जाएगा।”

"वो रो क्यों रही है?" मैंने कहा।

"यही पूछने के लिए तो आपको फोन किया है। इतना टेंशन में है कि उसका कई बार बीपी लो हो गया है और परसों तो अस्पताल में भी भर्ती हुई थी। एक बार उससे बात तो कर लो," जाह्नवी ने बड़े गंभीर स्वर में कहा।

"ठीक हो जाएगी यार वो, मैं उसे क्या संभालूंगा, उसे मेरे साथ अपना भविष्य असुरक्षित दिखता है, आज मैं उससे मिल भी लूं, लेकिन कल भी यही होगा तो कौन संभालेगा?" मैंने बहुत सोच-समझकर बोला।

लेकिन जैसे ही मैंने सुना कि उसकी तबीयत खराब है, मेरा मन किया उड़कर उसके पास जाऊं और उसे गले लगा लूं।

"तुम दोनों हद से ज्यादा समझदार हो गए हो यार, तुम दोनों से कुछ कहना खुद को छोटा बनाना महसूस होता है," जाह्नवी ने कहा।

"ऐसा कुछ नहीं है, पर तुम बात को समझो यार, तुम प्लीज उसका ध्यान रखो," मैंने करुणा भरी आवाज में कहा।

"एक बात बोलूं, मानोगे? मेरी रिक्वेस्ट है," जाह्नवी ने गंभीर स्वर में कहा।

“हाँ प्लीज बोलो, रिक्वेस्ट करने की कोई जरूरत नहीं है,” मैंने कहा।

“तुम मुझसे कल मिल सकते हो, यहीं मार्केट में। मुझे तुमसे कुछ बात करनी है,” जाह्नवी ने कहा।

ये बड़ी अजीब बात लगी, मुझसे जाह्नवी क्यों मिलना चाहती है, ऐसा क्या है जो ये मिलकर कहना चाहती है, मेरे दिमाग के घोड़े दौड़े, घास चर के भी आए पर कोई उत्तर नहीं ला पाए, मैंने हामी भर दी। पर मेरे मन में कई सवाल उठ रहे थे पर जवाब कल ही मिल सकते थे जब मैं जाह्नवी से मिल पाऊंगा।

अगले दिन मैं उठा, नॉर्मल से कपड़े पहने और मार्केट को निकल गया, मैं अब शांत ही रहता था, जब से तृषा से लास्ट बात हुई थी तब से मेरी स्माइल, मेरा हँसना, मेरा मजाक करना सब चला गया था। कहीं न कहीं मेरा वजूद ही तृषा बन चुकी थी।

मैं करीब दस बजे मार्केट पहुँचा, सूरज एक चौथाई आसमान में चढ़ चुका था, दफ़्तर में लोग अपने कंप्यूटर का पावर ऑन पासवर्ड डाल रहे थे, चारों तरफ का माहौल मुझे चिड़चिड़ा सा लग रहा था, ये मुझे काटने को दौड़ रहा था, मैं जल्दी से जान्हवी से मिलकर यहाँ से भाग जाना चाहता था। मिलने की जगह उसी कैफ़े में निर्धारित हुई थी जिसमें मैंने अपने जीवन के बड़े-बड़े प्रश्न हटाए थे, वही कैफ़े जहाँ तृषा का बर्थडे मनाया था।

मैं वहाँ पहुँचा, कैफ़े वाला मुझे पहचान गया था, मेरा हाल पूछा और कहने लगा, 'सर बहुत दिन बाद आए, आज भी किसी का जन्म दिन है?'

'नहीं यार, किसी का बर्थडे नहीं है' मैंने काफ़ी शांत तरीके से जवाब दिया और मुस्कुराकर एक पानी की बोतल मंगाई।

मैंने जान्हवी को मैसेज लिखा मैं पहुँच चुका हूँ, और टाइमपास के लिए मोबाइल पर चेस खेलने लगा। थोड़ी देर बाद जान्हवी आई, मैं अपनी कुर्सी से उठा उसका सामान्य अभिवादन किया, और पानी की बोतल उसकी तरफ बढ़ा दी।

मैंने उससे पूछा, 'क्या खाओगे तुम, क्या ऑर्डर करना है'।

'नहीं नहीं मैं नाश्ता करके आई हूँ, मुझे कुछ नहीं खाना है, तुम्हें खाना है तो मंगा लो कुछ' जान्हवी ने कहा।

'मैं भी नाश्ता करके आया हूँ, जूस मंगा लेते हैं वरना दुकानदार नाराज़ हो जाएगा' मैंने मुस्कुराकर कहा। उसने भी मुस्कुराकर हामी भरी।

'अच्छा, बताओ क्या बात करनी थी? तुम कल कह रहे थे' मैंने जिज्ञासा से पूछा।

'मैं भी ब्रेकअप करके आई हूँ, कल मैंने भी उससे ब्रेकअप कर लिया' उसने गहरे शब्दों में कहा।

'क्यों, ऐसा क्या हुआ, जो ब्रेकअप की बात हो गई?' मैंने चौंककर कहा!

'याद ही नहीं ऐसा क्या हुआ, पर उसने कुछ गलती की थी' उसने नॉर्मल सी आवाज़ में कहा।

ये क्या बोल रही हो, ब्रेकअप का कारण भूल गई हो, ऐसा भी कुछ होता है, और अगर है भी तो इतनी छोटी बात पर कौन ब्रेकअप करता है, माफ कर दो, और सब ठीक कर लो' मैंने एक साँस में कहा।

'ऐसे कैसे माफ कर दूँ, तुमने कभी किसी को किया है ऐसे माफ? तुम भी होते तो तुम भी नहीं करते माफ। ये सब कहने की बात है'। उसने नॉर्मल से ऊँची आवाज़ में कहा।

मैं कर देता माफ, गलती हो जाती है इंसान से, हमसे भी होती है, तब हमें भी कोई ना कोई माफ कर देता है ना, गलती बड़ी थोड़ी होती है इंसान बड़ा होता है' मेरे मुँह से निकल पड़ा।

'तो कर दो ना तृषा को माफ, गलती हो गई उससे, और गलती बड़ी थोड़ी है तृषा बड़ी है ना'। उसके एक-एक शब्द मेरे कानों में गूँज गए।

मुझे सहसा अपनी ही बात से अपनी भूल का अहसास हुआ। मेरी नज़रें झुकने लगीं, मेरी आत्मा तृषा के लिए तड़पने लगी। मैंने सामने रखा पानी उठाया और पिया। तभी मेरे कंधे में किसी ने हाथ रखा। मैं पानी पीते-पीते अटक गया, पीछे मुड़ा, देखा तृषा थी, मैं झट से अपनी कुर्सी से खड़ा हुआ। मेरी आँखें आश्चर्य से फटी रह गईं। मेरे गले से बड़ी मुश्किल से पानी नीचे गया। मेरी तृषा से नज़रें मिलाने की हिम्मत नहीं हुई। मैंने अपनी नज़रें झुका ली और वापस जान्हवी की तरफ देखा।

वो अपनी कुर्सी से उठी और कहने लगी 'देख लो इसकी हालत, मैंने इसी लिए तुम्हें मिलने बुलाया था, मुझे पता था फोन पर हमेशा लड़ाई बढ़ती जाती है। मैंने अपना काम कर दिया। अब तुम दोनों की बारी है, एक दूसरे को पीटो, मारो, सर फोड़ो पर इस नाराज़गी को यहीं खत्म करो। याद रखना इंसान ज़रूरी होता है, गुस्सा, गलती ये सब थोड़ी देर का है, टाइम के साथ तुम गुस्सा, गलती सब भूल जाओगे, लेकिन इंसान को वापस नहीं ला पाओगे। मैं बाहर वेट कर रही हूँ, जब फैसला हो जाए तो मुझे बुला लेना।' और वो चली गई।

चारों ओर सन्नाटा था, मैं पीछे मुड़ा नज़रें उठाई और तृषा को देखा, तृषा की हालत सच में बहुत खराब थी, वो बहुत कमजोर हो गई थी। उसके चेहरे में बस मायूसी थी। उसको इस हालत में देख मेरा मन

उसे गले लगाने को कर रहा था पर मैंने खुद को रोका, और उसे बैठने को कहा। हम दोनों एक दूसरे के सामने बैठ गए।

तृषा के चेहरे पर खामोशी थी। हम एक दूसरे से नज़रें चुरा रहे थे, दोनों में से किसी की हिम्मत नहीं हो रही थी जो दो हफ्ते पहले दफनाई गई बात को उखाड़े।

तृषा ने पूछा, 'कैसे हो तुम, कब तक हो घर?'

'मैं ठीक हूँ, चार-पाँच और दिन घर हूँ, इसके बाद मुंबई जाना है, वही का कैडर मिला है। तुम कैसी हो?' मैंने गहरे आवाज़ में कहा।

'मैं बहुत खुश हूँ, तुम्हारे जाने के बाद खुश ही खुश हूँ, दिख रहा होगा मुझे देखकर' उसने नज़रें झुकाकर कहा।

मैंने कुछ नहीं कहा, मेरी हिम्मत नहीं हो रही थी उस बात को फिर से खोलने की।

'मुझसे गलती हो गई थी, उसके लिए मैं माफी मांगती हूँ' उसने सिसकते हुए कहा।

'कोई बात नहीं, हो जाता है, छोड़ो उस बात को' मैंने उसकी नज़रों से नज़रे मिलाकर कहा।

तृषा रोने लगी, और सिसकते हुए कहने लगी 'मैं इसी लायक हूँ, मुझे मर जाना चाहिए, इतना प्यार करने वाला इंसान छोड़कर मैंने कहीं और जुड़ने की कोशिश की। भगवान ने मुझे सही सज़ा दी है, पर मैं तुमसे बहुत प्यार करती हूँ, नहीं रह सकती तुम्हारे बिना'।

बस यहीं पर मेरा स्वाभिमान, मेरा गुस्सा, सब रेत की किले की तरह ढह गया, मेरे अंदर की नफरत सब घुल गई, मैं उठा और तृषा को गले लगा लिया, वो और ज़ोर-ज़ोर से रोने लगी और कहने लगी मुझे माफ कर दो।

मैंने उसे शांत किया, उसके आँसू पोंछे। उसे तब तक गले लगाए रखा जब तक उसकी सिसकियाँ बंद नहीं हो गईं। तभी वेटर आ गया, उसने हमें ऐसा देखा, तो नज़रें घुमा ली, मैं भी तुरंत खड़ा हो गया। वेटर ने पूछा, 'सर कुछ और लेकर आऊँ?'

मैंने कहा, 'हाँ जो सबसे अच्छा बना है ले आओ एक प्लेट'। और अपनी चेयर पर जाकर बैठ गया।

तृषा ने मेरी तरफ देखा, 'मुझसे गलती हो गई थी, मुझे माफ कर दो'।

मैंने उससे कहा 'अब उस बारे में कोई बात नहीं होगी, मैं सब भूल चुका हूँ, तुम भी भूल जाओ। कोई गलती नहीं, कोई माफी नहीं'। उसने मुस्कुराकर कहा, 'में तुमसे बहुत प्यार करती हु'।

मैंने कहा अब जान्हवी को बुला लेते हैं, वो बाहर वेट कर रही है, हमारा सब ठीक उसी ने करवाया है। तृषा ने हामी भरी। जान्हवी के आते ही हमने उसे अपना शुक्रिया कहा।

हमें साथ देखकर वो बहुत खुश हुई, और कहा 'इसका बदला मैं शादी के दिन लूँगी, गेट पर जितने पैसे मांगूंगी उतने देने होंगे'। मैंने भी मुस्कुराकर हामी भर दी।

उसके बाद हमने बहुत बात की, जान्हवी ने कहा तुम अपने घर वालों की बात इसकी मम्मी से करवा दो। हम दोनों ने सहमति दी। उसके बाद हम लोग अपने-अपने घर चल दिए। जान्हवी जैसे लोग आजकल के ज़माने में बहुत कम होते हैं। आजकल लोग अपने रिश्ते नहीं संभाल पाते, दूसरे के रिश्ते को सुलझाने का कौन सोच सकता है। उस दिन के बाद मेरी नज़रों में जान्हवी के लिए इज़्ज़त दोगुनी हो गई।

वो किस्सा बिना बहस किए खत्म तो हो गया था, पर कहीं ना कहीं मेरे मन में जो चोट लगी थी वो परमानेंट रह गई थी, वास्तव में मेरा विश्वास पहले के जैसा नहीं रह गया था। अब वो मासूम बनकर प्यार करना मेरे अंदर से जा चुका था और ये आगे चलकर बहुत बड़ी समस्या होने वाली थी।

मैं घर पहुँचा, सारी बात मम्मी को बताई। मम्मी को तृषा की मम्मी से बात करने को मनाया। शाम को कॉल करके मैंने फोन मम्मी को

पकड़ा दिया। जैसे ही बात शुरू होने वाली थी, पापा आ गए, मैं उस कमरे से उठकर बगल वाले में आ गया।

बातें शुरू हुईं, तृषा की मम्मी ने वही सारे डिमांड रखीं, मम्मी ने कुछ मानी और कुछ लड़के की माँ वाला एटीट्यूड दिखाकर साफ मना कर दी। उसकी और मेरी मम्मी की बातें सुनकर मेरा दिल बैठ गया, तभी मेरे पापा ने फोन पकड़ लिया। पापा ने जो लहजे से बात की, मैं उनका उस दिन से फैन हो गया, उनका कम्यूनिकेशन का तरीका देख मेरे होश उड़ गए।

उन्होंने किसी भी चीज़ को मना नहीं किया, हर चीज़ पर बच्चों का मन है, सब मिलकर कर लेंगे, आप परेशान मत हो, मैं ज़िम्मेदारी लेता हूँ, आपको कभी शिकायत का मौका नहीं मिलेगा, ऐसी बातें करके पूरी महफ़िल लूट ली। उस दिन से पापा का मेरी पसंद पर इतना भरोसा, मेरे लिए इतना सपोर्ट देख मेरी आँखें भर आईं। बातें खत्म हुईं, रिज़ल्ट पॉज़िटिव आया, मैं बहुत खुश था।

तृषा भी मेरे पापा के बात करने के लहजे से बहुत खुश थी। उसने कॉल किया और कहा 'क्यों ऋषि जी, अब खुश होना, अब कौन हमें एक होने से रोक सकता है'।

'और क्या, अब तो मिसेज़ ऋषि बनने वाली हो, तैयार हो ना?' मैंने मुस्कुराकर पूछा।

मेरी जिंदगी जो अभी चल रही थी वो कोई फिल्म से कम नहीं थी, नए-नए सस्पेंस पार्ट्स में चल रहे थे। कई सारी जंग मैंने जीत ली थी और न जाने कितनी और लड़नी बाकी थी। पिछले एक महीने में मैंने गम, पीड़ा, खुशी सब कुछ महसूस कर लिया था। इतना एडवेंचर मैंने कभी सोचा नहीं था। तृषा के वो रिश्ते वाले कांड के बाद मेरा दुनिया को देखने और समझने का नजरिया अब पूरी तरह बदल चुका था।

मेरी छुट्टी खत्म हुई, मैंने मुंबई, अपनी कंपनी में रिपोर्ट किया। ये कंपनी बोरिवली नामक जगह पर थी। मुंबई को क्यों मायानगरी कहते हैं, ये मैंने वहाँ पहुँचकर एक दिन में महसूस कर लिया था। ऊँची-ऊँची बिल्डिंग और भागती जिंदगी वहाँ मुझे विदेश का सा फील दे रही थी। मैंने कंपनी के मैनेजर को फोन लगाया, मुझे लेने एक गाड़ी आई, मुझे मेरे सामान के साथ एक कमरे में पटक दिया गया और साथ में खाने और पानी की टाइमिंग्स, और थोड़ा बहुत ज्ञान देकर वो इंसान चला गया। जाते-जाते उसने कहा कल सुबह 9 बजे शार्प ऑफिस में रिपोर्ट करना, ये तुम्हारा पहला दिन है, तो अच्छी शुरुआत हमेशा बेहतर करियर की निशानी होती है।

मैंने उसे मेन मुख्य दरवाजे तक जाकर विद किया और वापस अपने कमरे में चला आया। एक चार बाय चार का कमरा था, एक चेयर और टेबल थी जो शायद मेरे लैपटॉप पर काम करने के लिए रखी गई थी। एक छोटा सा लॉकर था और एक शू रैक। कमरे में गंदगी

भरी हुई थी, मैंने सफाई अभियान चलाया, खुद की चीजों को सेट किया।

मैंने अगले दिन उठा, थोड़ा योग किया, नहाया और नाश्ता किया, अभी भी मेरे पास समय था तो तृषा को फोन लगाया। उससे बातें की और कहा आज मेरे करियर का पहला दिन है तुम दुआ करना मैं अच्छा करूं। वो खुश थी, उसने कहा कि उसे मुझ पर बहुत भरोसा है।

मैं नौ बजे से दस मिनट पहले ऑफिस पहुँच गया था, हर आदमी जो आ रहा था मेरी ओर एक बार घूर के देखता फिर नजरअंदाज कर अपने क्यूबिकल में चला जाता। ठीक नौ बजे कंपनी के HR आए, उनका नाम अंशु राणा था। उन्होंने मुझे दूर से देखा और मुस्कुराते हुए मेरे से हाथ मिलाया, और अंग्रेजी में कहा, 'you will introduce to entire staff at 10 o clock, prepare for it' ऐसा कहकर अपने केबिन में चले गए। उनके पीछे-पीछे उनका PA चल रहा था, उन्होंने उससे कहा सबको बता दो 'दस बजे सब ब्रीफिंग रूम में पहुँचे, मीटिंग है'।

मेरा ऐसा वेलकम होगा ये मैंने नहीं सोचा था, पर मैं इसके लिए तैयार था, मैंने अपना इंट्रोडक्शन तैयार किया। दस बजे सब अपने-अपने क्यूबिकल से उठकर ब्रीफिंग रूम की ओर बढ़े, मैंने अपना फोन साइलेंट किया। मैं भी ब्रीफिंग रूम में पहुँचा। कोने की एक सीट पर बैठ गया, कंपनी के HR आए, सब उनके आने पर खड़े हो गए,

मैं भी खड़ा हुआ, सामने एक PPT चली जिसमें करंट आउटस्टैंडिंग इश्यूज के बारे में था, HR ने सबको ब्रीफ किया, मुझे थोड़ा बहुत समझ आया। PPT के खत्म होने के बाद उन्होंने मेरी तरफ इशारा करते हुए कहा, 'welcome clap for RISHI, he is our new employee, he will introduce himself now, come on rishi'।

मैं ऋषि, अपनी चेयर से खड़ा हुआ, ये मेरा पहला इंटरव्यू नहीं था पर इससे खास पहले कभी नहीं था। मैं आगे गया, एक गहरी सांस ली, और जितना अच्छा हो सकता है उतने अच्छे से सबको ब्रीफ किया। सबने ताली बजाई और मैं वापस आकर अपनी चेयर पर बैठ गया।

मुझे भी एक क्यूबिकल पकड़ा दिया गया, जिसमें एक डेल का कंप्यूटर और एक HP का प्रिंटर था। और थोड़ा बहुत समझाकर चार-पांच पुरानी फाइल मेरे सामने पटक दी जिसमें काम पिछले तीन महीनों से ज्यादा का पेंडिंग था। *मैं यहाँ इन लोगों का पेंडिंग काम करने आया हूँ क्या? नहीं, मैं यहाँ अलग करने आया हूँ,* पर हर कंपनी, जॉब में एक फ्रेशर को ऐसे ही ट्रीट किया जाता है जैसे एक नई दुल्हन को ससुराल में।

मैं यहाँ जो तनख्वाह मिल रही है उसके बदले काम करने के लिए बैठा हूँ चाहे वो तीन महीने का पेंडिंग काम हो या तीस साल का। मुझे पॉजिटिव अप्रोच रखना चाहिए।

कंपनी में मुझे एक हफ्ता हो चुका था, मेरे कुछ दोस्त बन चुके थे और पुरानी पड़ी फाइलों से मुझे अब कोई प्रॉब्लम नहीं होती थी, मैं अपने काम में ढल चुका था। तृषा से मेरी बातें बहुत कम हो गई थीं, मैंने उसे समझाया कि मैं अभी कंपनी में जूनियर हूँ तो मुझे काम ज्यादा करना पड़ता है, टाइम नहीं मिलता है। इस बात से वो नाखुश तो रहती पर इसको स्वीकार करने के अलावा उसके पास और कोई विकल्प नहीं था। वैसे इस 'विकल्प' शब्द से मुझे बहुत कुछ याद आ जाता है।

हमारी सुबह ऑफिस जाने से पहले बात होती, टी ब्रेक पर, शाम को ऑफिस से आने के बाद और रात को सोते वक्त। फिर भी हमेशा तृषा टाइम के लिए लड़ती रहती। टाइम बीतता गया, तृषा को भी आदत हो गई और रिश्ता अब समझदारी से चलने लगा।

तृषा के पापा की एक दिन अचानक तबीयत खराब हो गई, उनको लगभग दो हफ्ते का बेड रेस्ट मिला था, उनके घर में कमाने वाले बस उसके पिताजी थे। तृषा ने बताया कि घर के खर्चे के लिए मम्मी परेशान हैं। बहुत मुश्किलों से काम चल रहा है। मैंने उसे कहा कि मैं कुछ मदद कर देता हूँ। उसने मना कर दिया। मैंने उसे समझाया ये कोई एहसान नहीं है बल्कि मदद है, जब हो जाएगा मुझे लौटा देना।

उसने कहा बात वो नहीं है बात ये है कि मुझे जॉब करनी है, घर के खर्चों पर हाथ बटाना है, और तुम दे भी दोगे तो कब तक दोगे, कभी ना कभी फिर यही प्रॉब्लम आएगी तो क्या होगा।

मैं साफ कहूं तो मैं इस बात के बिल्कुल सपोर्ट में नहीं था, डायरेक्ट मना नहीं कर सकता था इसलिए कहा 'तुम कहाँ जॉब करोगी, तुम्हें दुनियादारी का कुछ पता भी नहीं, ऐसे ही कुछ टाइम चला लो फिर पापा ठीक हो जाएंगे तो ये प्रॉब्लम ही नहीं रहेगी'।

'मेरी मौसी देहरादून रहती है, उनसे बात की तो वो बोल रही थीं कि किसी कंपनी में लगवा देंगी, तुम आ जाओ'। उसने कहा।

'देहरादून! वहाँ मौसी के यहाँ रहोगी?' मैंने पूछा।

'नहीं, उन्होंने कहा कोई कमरा दिला दूंगी सस्ते में' तृषा ने जवाब दिया।

तुम्हारा दिमाग खराब है, तुम आज तक घर से भी बाहर निकली हो, देहरादून जाओगी, जॉब करोगी, अकेली रहोगी, बिल्कुल नहीं। तुम्हें वहाँ कौन देखेगा, कौन ख्याल रखेगा? इतनी इमरजेंसी है जॉब की तो जब तक तुम्हारे पापा ठीक नहीं हो जाते मैं जिम्मेदारी लेता हूँ। पर मैं ऐसे तुम्हें अकेले वहाँ नहीं भेज सकता' मैंने ऊँची आवाज में कहा।

मैंने तृषा को साफ मना कर दिया। मना करने का यहाँ दो कारण थे पहला कि इस टाइम पर ऐसे अकेले लड़कियों को दूर जॉब पर भेजना समाज की नजर में बिल्कुल स्वीकार नहीं था। और दूसरा मैं खुद ये रिस्क नहीं लेना चाहता था। मैं ऐसे तृषा को अनजान शहर में अकेले नहीं जाने देना चाहता था।

'तुम हमेशा मेरे साथ ही रहोगे क्या? कभी मुझे बाहर निकलना पड़ा तब?' उसने गुस्से भरी आवाज में कहा।

'जब तक मैं जिंदा हूँ तब तक कभी नहीं निकलना पड़ेगा। मैं तुम्हारे जॉब करने के खिलाफ नहीं हूँ, पर कोई सरकारी नौकरी पकड़ो, एग्जाम क्रैक करो तब जाओ' मैंने और गुस्से से कहा।

'क्यों, सरकारी नौकरी में घर बैठे काम होता है क्या? उसमें बाहर नहीं जाना पड़ता?' उसने पूछा।

'बिल्कुल बाहर निकलना पड़ता है, पर वहाँ सिक्योरिटी होती है माहौल होता है जो किसी प्राइवेट सेक्टर में नहीं होता। चंद पैसों के लिए अपना टाइम बर्बाद मत करो और मेहनत करके सरकारी नौकरी को प्राप्त करने का कष्ट करो, हाँ उसमें मैं तुम्हारी जरूर मदद करूंगा' मेरे शब्द स्पष्ट और तीखे थे।
यहा एक प्राइवेट कंपनी वाला सरकारी नौकरी का ज्ञान बाट रहा था, इससे ज़्यादा अन्याय क्या हो सकता था।

थोड़ी देर और बहस चली पर जल्द ही टॉपिक का अंत हुआ। तृषा ने माना कि वो अब पुलिस की तैयारी करेगी, मैंने उसे इसकी शुभकामनाएं दी और हर संभव मदद पहुँचाने की बात की।

अध्याय 10

उस दिन के बाद तृषा अपनी पूरी जोर से पुलिस परीक्षा की तैयारी में लग गई, वो सच में बहुत मेहनती थी। उसने पास ही एक कोचिंग में दाखिला करवाया, जान्हवी ने भी उसके साथ कोचिंग में पढ़ना शुरू किया। वो सुबह उठकर दौड़ने जाती, और थककर चूर होकर घर वापस आती फिर कोचिंग जाती, दिन भर किताब पढ़ती शाम को फिर फिजिकल की तैयारी में जुट जाती। उसने अपना पूरा फोकस उस पर लगा लिया उसकी ऐसी निष्ठा देख मुझे भी अच्छा लगता।

अब हमारी बातें बहुत कम होती, अब उसके पास शिकायतों का कोई टाइम नहीं था। वो थोड़ी देर बात करने के बाद खुद बोल पड़ती कि मेरी ऑनलाइन क्लास है, तुम सो जाओ मैं तुम्हें उसके बाद फोन करती हूँ। मैं भी दिन भर ऑफिस से थका कभी फोन उठा लेता और कभी नहीं उठा पाता।

रिश्ता अब समझदारी और आपसी सहमति से चल रहा था, बातें कम होती पर पर्याप्त होती। मैं रविवार के दिन उससे उसका हफ्ते भर का रिवीजन करवाता और उसके साथ ऑनलाइन मॉक टेस्ट देता। हमारे बीच ऐसी समझदारी देखने लायक थी।

समय बीतता रहा तृषा की तैयारी चलती रही। उसके पुलिस परीक्षा के लिए फिजिकल टेस्ट की डेट नजदीक आ रही थी। तृषा बचपन से

ही फिजिकली उतनी स्ट्रॉन्ग नहीं थी जितनी पुलिस या मिलिट्री सर्विस में जाने वाले को होना चाहिए और इस बात को उसकी मम्मी अक्सर मुझसे कहा करती थी। फिर भी वो अपनी पूरी मेहनत से फिजिकल की तैयारी में लगी हुई थी। जिस दिन वो अच्छे से सब कुछ पास करके आ जाती तो उस दिन खुश रहती, और जिस दिन नहीं कर पाती उस दिन चिड़चिड़ी रहती। उस दिन मुझे उसके गुस्से का प्रकोप झेलना पड़ता था।

तृषा और मैं अपनी-अपनी दुनिया में खोते गए, मैं ऑफिस और उसके बाद घर आकर ऑफिस होमवर्क करने में व्यस्त हो जाता। तृषा भी अपनी तैयारी में लगी रहती, उसने बताया कि उसने वहाँ कुछ दोस्त भी बना लिए हैं उनमें से कुछ पुरुष भी थे। मैंने इस बारे में ज्यादा प्रतिक्रिया न करते हुए इन्हें नजरअंदाज कर देता पर कभी-कभी लड़ाई के वक्त पर वो हमारी बहस का हिस्सा होते थे।

तृषा के फिजिकल से एक-दो दिन पहले उसकी तबीयत अचानक खराब हो गई, उसके पेट में अचानक दर्द हो गया, डॉक्टर को दिखाने पर पता चला कि उसे पथरी है। उसने दवा ली और घर पहुँची। दो दिन बाद उसका फिजिकल का एग्जाम था जिसके लिए वह इतने दिनों से तैयारी कर रही थी।

तृषा काफी उदास हो गई, और खुद की किस्मत को कोसने लगी और जब किसी पर जोर नहीं जमता तो मुझ पर बरस जाती थी। मैंने उसे इस हालत में फिजिकल जाने को मना कर दिया। पर वह दुखी

थी। दवाई लेने से उसका दर्द थोड़ा ठीक हुआ। उसने फिजिकल देने का फैसला किया, मैं उसकी वो मेहनत देखकर मना नहीं कर पाया, पर मेरे मन में बहुत चिंता हो रही थी।

अगले दिन उसे सेंटर में पाँच बजे पहुँचना था, वह करीब तीन बजे उठी, तैयार हुई, दवाई रखी और घर से निकल पड़ी। रास्ते से उसने मुझे फोन किया, मैंने उसे शुभकामनाएं दी और कहा सब अच्छा होगा, पर ज्यादा जबरदस्ती मत करना, जितना हो पाएगा उतना ही करना। उसने झूठी हामी भरी।

मैं उसके बाद सो नहीं पाया, सुबह तैयार होकर ऑफिस गया पर आज मन फाइलों में नहीं लग रहा था बस तृषा पर था। मैंने अपने फोन को साइलेंट मोड से हटाया था। मुझे उसकी चिंता हो रही थी। मुझे पता था वह जबरदस्ती करेगी, अपनी हेल्थ को दूसरे नंबर पर रखेगी।

लंच टाइम हो गया, तृषा का कॉल नहीं आया, मैंने कॉल किया, फोन स्विच ऑफ था इसका मतलब तृषा अभी भी सेंटर के अंदर थी। वहाँ क्या हो रहा होगा। मुझसे चिंता के कारण अच्छे से खाना भी नहीं हो पाया। दिन की शाम हो गई उसकी अब भी कोई खबर नहीं आई।

अब मेरी चिंता बढ़ गई थी, मैंने जान्हवी को फोन लगाया और उससे तृषा की खबर पूछी। जान्हवी ने कहा कि उसके पापा उसके साथ गए हैं मैं उनको एक बार फोन करके पूछती हूँ।

थोड़ी देर बाद जान्हवी का फोन आया, उसने बताया कि वह अभी भी अंदर ही है। बस फाइनल रिजल्ट अनाउंस होने वाला है, दस मिनट में वह आ जाएगी। मैंने उसे एक और रिक्वेस्ट की 'वह अपने पापा के साथ है मेरा फोन नहीं उठाएगी, तुम बस इतना पता करके बताना कि वह ठीक है बस'। जान्हवी ने हामी भरी।

मैं अपने रूम पर पहुँचा। जान्हवी का फोन आया। उसने बताया कि वह ठीक है, तुम्हें घर पहुँच कर कॉल करेगी। वह ठीक है बस यही सुनना था। बाकी वह जब भी फोन करेगी चलेगा। मैंने जान्हवी को धन्यवाद कहा।

तृषा ने फोन किया, और वह खुश थी संतुष्ट थी, उसने कहा उसके सौ में से नब्बे मार्क्स आए हैं। उसका फिजिकल बहुत अच्छा गया है। उसने ये भी कहा जब लॉन्ग जंप की बारी आई थी तब उसके पेट में वापस दर्द हुआ था, उसने उस दर्द को मिटाने के लिए जो किया वह उसकी निष्ठा को बताता है। उसने कहा 'मैंने दोनों हाथों में दो तीखे पत्थर लिए और उन्हें जोर से दबाया, ताकि पेट के दर्द से ज्यादा दर्द हाथों में पैदा करे और लॉन्ग जंप कर पाए'।

मेरा ये सुनते ही रोंगटे खड़े हो गए। मेरा सिर गर्व से ऊँचा हो गया। मैंने उसकी बहुत तारीफ की और आराम करने को कहा। उसे बधाई दी। उसने कहा 'अब बस रिटन निकालना है, उसके बाद आपकी श्रीमती सीधे पुलिस की वर्दी में तुमसे मिलने आएगी'। उसकी इस

बात को सुनकर मैं बहुत खुश हुआ और कहा 'बिल्कुल पहनोगी, इतनी मेहनत जरूर रंग लाएगी'।

तृषा, पूरी मेहनत से रिटन की तैयारी में लग गई, दिन-रात बस वह पढ़ती रहती, और मुझसे पूरे संडे रिवीजन करवाती। ऑनलाइन मॉक टेस्ट लगाती और मुझे रिजल्ट चेक करने को कहती। दो-तीन महीने यही चला, तृषा का रिटन नजदीक आ रहा था और उसकी बेचैनी बढ़ती जा रही थी। इसी बीच हमारी कंपनी के लिए एक प्रोजेक्ट आया। उसमें हमें समंदर में जाना था, किसी शिप में जाकर अपने नए प्रोडक्ट की टेस्टिंग करनी थी। पाँच होनहार लोगों को जाना था और होनहारों की लिस्ट में मेरा नाम कौन हटा सकता था।

पाँच लोगों के नाम तय हुए, मेरा भी नाम था। दो महीने बाद जाना था, पर मुख्य समस्या ये थी कि दस दिनों तक हम किसी नेटवर्क में नहीं रहेंगे। मतलब तृषा से बात करने का कोई तरीका ही उपलब्ध नहीं था। मैं इस बात से परेशान था, मुझे पहली बार होनहार नहीं होना था।

तृषा का रिटन का दिन आया, दही-शक्कर खाकर वह एग्जाम सेंटर पहुँची, मैंने उसे शुभकामनाएं दी और कहा कि ध्यान से करना जल्दीबाजी मत करना। और सबसे बड़ी बात घबराना मत, रिलैक्स होकर करना क्योंकि एक तिहाई माइनस मार्किंग है। कम ही अटेम्प्ट करना पर सही करना। मेरी बातें उसे जरूर अजीब लग रही होंगी पर उसको समझाना मेरा फर्ज था।

तृषा दो-तीन घंटे बाद एग्जाम देकर आई। उसने मुझे फोन किया। उसने बताया कि एग्जाम ठीक गया है पर असली नंबर वह घर जाकर आंसर शीट मिलाकर बताएगी। वह थोड़ा बहुत कॉन्फिडेंट थी। उसने घर जाकर फोन करने को कहा। मैंने हामी भरी।

दो-तीन घंटे बाद उसका फोन आया, वह थोड़ा मायूस थी, उसने बताया कि उसके सौ में से सत्तर नंबर आ रहे हैं। पिछले साल की कटऑफ अस्सी थी। वह थोड़ी परेशान सी थी। मैंने उसको समझाने की बहुत कोशिश की, कटऑफ एग्जाम के लेवल पर निर्भर करता है, पिछली बार एग्जाम सिंपल होगा तो इतना बढ़ गया होगा, इस बार कम जाएगा।

उसने कहा, 'तुम्हें कैसे पता, इस बार कम ही जाएगा'।

'क्योंकि मुझे ऐसा महसूस हो रहा है, तुम चिंता मत करो, तुम्हारा हो ही जाएगा, सत्तर नंबर कम नहीं होते यार। तुम निश्चिंत रहो' मैंने कहा। मेरी बातों से उसका आत्मविश्वास बढ़ा।

तृषा अब फिर से फ्री हो गई थी क्योंकि उसकी पुलिस की भर्ती के सारे एग्जाम हो गए थे, उसने कोचिंग भी छोड़ दी थी और पढ़ना भी बंद कर दिया था। दिन भर एग्जाम के रिजल्ट की डेट और कटऑफ ढूंढती रहती। और इन सब से बोर होती तो मुझे पहले की तरह ताने मारने लगती। फिर ये टाइम नहीं देते हो वाला एपिसोड फिर आ गया था। आए दिन वह मुझसे लड़ती रहती।

तृषा की रिजल्ट की डेट आई, वह आज शाम चार बजे निकलने वाला था। तृषा बहुत उत्साहित थी और उससे ज्यादा चिंतित थी। मैंने उससे बात की वह बहुत स्ट्रेस में थी और उसका इतना स्ट्रेस में होना लाजमी भी था, इतनी मेहनत करने के बाद किसी को भी इतना स्ट्रेस हो ही जाएगा। और तृषा के लिए ये जॉब पाना उसके घर की स्थिति सुधारने का एकलौता मौका था।

चार बज गए, रिजल्ट आउट हुआ, वेबसाइट बिजी थी, कई सारे लोग देख रहे थे। तृषा ने मुझे चेक करने को कहा, मैंने देखा, मेरे उसमें भी वेबसाइट बिजी थी। मैंने उसको इंतजार करने को कहा। उसकी मम्मी और भाई भी साथ में खड़े थे, उनकी भी बेचैनी बढ़ी हुई थी, मैंने उनसे कहा कि सब ठीक होगा। मैं लगातार साइट रिफ्रेश कर रहा था, अचानक वेबसाइट खुली, मैंने तृषा का रोल नंबर डाला, और स्क्रीन के बीच लोड का सर्कल घूमने लगा।

मेरी धड़कन दो गुनी थी, रिजल्ट सामने दिखा। तृषा का सिलेक्शन नहीं हुआ था, कटऑफ बहत्तर गई थी उसका महज दो नंबर से रुक गया था। मेरा दिल बैठ गया, मुझे उसकी वो हाथों में पत्थर दबाने की बात याद आ गई। मेरी उसको फोन करके बताने की हिम्मत नहीं हुई।

तृषा का कॉल आया, अंकित बात कर रहा था, 'आपके उसमें खुला क्या?' उसने पूछा।

मेरे मुंह से झूठ निकला, 'नहीं मेरे उसमें नहीं खुला'। मैं तृषा को इतनी बुरी खबर बताने में समर्थ नहीं था।

तभी फोन में अमित चिल्लाया 'दीदी वेबसाइट खुल गई, जल्दी रोल नंबर बता!' तृषा ने बताया, उसने नंबर डाला और वही सर्कल अमित के सामने घूमने लगा।

मैं भगवान से प्रार्थना करने लगा 'हे भगवान जो मैंने देखा, उसे बदल दो, तृषा टूट जाएगी, उसने बहुत मेहनत की है'।

'दीदी खुल गया, जल्दी आ, कहाँ पर दिखाता है?' तृषा आई, चुप्पी छा गई, तृषा रोने लगी, मैं समझ गया, भगवान दयालु नहीं हुए। 'दीदी क्या हुआ, बताओ' अंकित ने पूछा।

उसने सिसकते हुए कहा 'मेरा नहीं हुआ, दो मार्क्स से रह गया, जनरल कैटेगरी की मेरिट बहत्तर गई है और आरक्षण वर्ग की साठ'।

मैं चिल्ला उठा, क्या, आरक्षण वर्ग की साठ! मेरे अंदर प्रतिशोध की भावना भड़क गई। ये क्या ड्रामा है? ये तो अन्याय है, मेरी तृषा रात-दिन मेहनत करके सत्तर नंबर लाई और एक साठ नंबर लाया हुआ आदमी सिलेक्ट हो गया। देश को आजाद हुए इतने साल हो गए और आज तक इन लोगों ने ये आरक्षण नहीं हटाया है, तभी ये देश आगे नहीं बढ़ रहा है।

फोन के उस ओर सन्नाटा था, कोई कुछ नहीं बोल रहा था, बस तृषा के सिसकने की आवाज थी। मुझसे ये देखा नहीं जा रहा था। मेरा मन कर रहा था सरकार पर इस आरक्षण के खिलाफ केस करूं। मैंने फोन काट दिया।

वाकई में भारत में आरक्षण की पॉलिसी जमीनी स्तर पर बहुत बुरी है। जनरल कैटेगरी के कई होनहार बच्चे बस इसी के कारण पीछे रह जाते हैं, अगर आरक्षण करना है तो आर्थिक स्थिति देखकर करना चाहिए, जिसको इसकी जरूरत है उसी को मिलना चाहिए, मेरा यही मानना है। समय आ गया है भारत सरकार को इस पर काम करने की बहुत जरूरत है वरना हमारा देश आगे बढ़े या नहीं पर हमारा समाज पीछे होता जाएगा।

शाम हो गई तृषा का कोई फोन नहीं आया। मेरी भी उसको फोन करने की हिम्मत नहीं हो रही थी, समझ नहीं आ रहा था उसे कैसे समझाऊं लेकिन मुझे कॉल करना था, तृषा के इस दुख की घड़ी में उसका हाथ पकड़ना था। मैंने उसे फोन किया।

तृषा ने उठाया, वह अभी भी सिसक रही थी 'ऋषि, मेरा नहीं हो पाया, मैं हार गई, मैंने अपनी पूरी कोशिश की, मैं तुमसे अब पुलिस की वर्दी में ही मिल पाऊंगी, बस एक मौका था खुद की स्थिति को सुधारने का वो भी मैंने गंवा दिया'।

उसकी बातें मेरे दिल में एक-एक करके छेद कर रही थीं, उसके दर्द को मैं महसूस कर रहा था, मुझे उसे गले लगाना था, उसके आंसू पोंछने थे।

'तुम पागल हो क्या, तुमने इतनी मेहनत की ना, अपना बेस्ट दिया ना, तुम्हारे हाथ में रिजल्ट कभी था ही नहीं, और ये तो बस तुम्हारा पहला एग्जाम है, इसके बाद वाले में तुम आराम से पास हो जाओगी'। मैंने उसकी हिम्मत बढ़ाने को कहा। मैंने उसे बहुत समझाया, बहुत सारी बातें कहीं, उसके मन को सहारा दिया।

मैंने उसे कहा 'तुम परेशान मत हो, मैं हमेशा तुम्हारे साथ खड़ा हूं, तुम्हारी सफलता में भी और असफलता में भी। चिंता मत करो हम अब अगली परीक्षा की साथ में तैयारी करेंगे'। मैंने अंकित और उसकी मम्मी से भी बात की, उनको भी हिम्मत दी और तृषा को संभालने को कहा।

तृषा की पुलिस परीक्षा के रिज़ल्ट को एक महीना गुजर चुका था। वो जो वादा हमने साथ में तैयारी करने का किया था, वो कुछ खास नज़र नहीं आ रहा था। तृषा का गवर्नमेंट जॉब वाला भूत उस रिज़ल्ट के साथ चला गया। उसका आत्मविश्वास और घर की आर्थिक परिस्थिति का दबाव उसे जीवन के कठिन मोड़ पर खड़ा कर लाया था। वो अक्सर चिड़चिड़ी सी रहती थी।

तृषा को मैं कम समय दे पाता था, उसका कारण था वो प्रोजेक्ट। हम पाँच लोगों की होनहार टीम उस पर दिन-रात काम कर रही थी। कंपनी का एचआर भी बदल गया था, और ये नए वाले बड़े खड़ूस थे। उनकी तरफ से हर दिन बहुत ज्यादा प्रेशर आता था। अब हमारे ऑफिस आने का समय तो फिक्स था, लेकिन वापस जाने का बिल्कुल नहीं। कभी रात के आठ बजते तो कभी दस भी बज जाता था।

तृषा इन सब से बहुत परेशान थी। आए दिन हमारी बहस इसी बात पर होती थी, फिर मैं उसे जैसे-तैसे समझा-बुझा लेता था। छुट्टी और रविवार वाले दिन भी मुझे अपनी टीम के साथ कभी इधर-उधर जाना पड़ता था, और ये कॉरपोरेट लाइफ में ज़रूरी है, ताकि आपके काम करने की जगह सेहतमंद रहे। पर तृषा को लगता था कि मैं उसे नजरअंदाज करके अपने दोस्तों के साथ जानबूझकर जा रहा हूँ।

मैं ये बात उसे कहता रहता था कि अगर मैं दोस्ती नहीं बनाए रखूँगा तो मेरा ऑफिस में अकेले दम घुटने लगेगा, पर अफसोस ये बात वो कभी समझ नहीं पाई, और मैंने भी बहुत ज्यादा कोशिश नहीं की।

चार साल के हमारे इस रिश्ते में अब बहुत कुछ बदल चुका था। शुरुआत के दिनों का आकर्षण कम हो चुका था। वो वादे, डील जो हमने एक-दूसरे से की थीं, उनमें से कुछ ही बातें पूरी हो पाई थीं, कुछ आज भी अधूरी पड़ी थीं। सबसे बड़ी बात ये थी कि अब हमें

एक-दूसरे की आदत पड़ चुकी थी। हम गुस्सा करते थे, लड़ते थे, लेकिन एक समय बाद वापस दुनिया का सबसे बढ़िया जोड़ा बनकर खड़े हो जाते थे।

हमने एक-दूसरे की कमियों को बहुत हद तक भर दिया था। हम दोनों के अंदर प्यार कूट-कूट कर भरा हुआ था, लेकिन आगे बढ़ने की भागदौड़ भरी जिंदगी में इज़हार करने का समय नहीं होता था। चार साल की यात्रा में हमने बहुत उतार-चढ़ाव देख लिए थे, बहुत मुश्किल समय भी पार किया था, लेकिन कभी एक-दूसरे का हाथ नहीं छोड़ा था।

तृषा अब मेरे घर वालों से बात करती थी। वो मेरे घर वालों के व्यवहार से खुश थी, पर मम्मी की बातों की अक्सर शिकायत करती रहती थी। मेरी मम्मी की आदत थी चीजों को सामने कह देने की, जिससे वो अक्सर परेशान हो जाती थी। पर कुल मिलाकर उसकी नजर में ससुराल ठीक था।

चार साल हमारे रिश्ते के होने के बाद हमारी शादी की बात उठने लगी। मैं अभी इसके लिए तैयार नहीं था, और तृषा का कहना था कि जब तक अंकित की नौकरी नहीं लग जाती तब तक वो भी शादी नहीं करेंगी, क्योंकि उसकी शादी का खर्च उसके परिवार के लिए बहुत लंबे समय तक एक बोझ रहेगा। मैंने भी इस बात में सहमति दिखाई और दोनों पक्षों को अगले साल की डेट निकालने को कहा।

हमारे रिश्ते में अभी एक मोड़ आने वाला था, और वो अब तक का सबसे बड़ा मोड़ होने वाला था।

अध्याय 11

तृषा ने कुछ विद्यालयों में अपने शिक्षक बनने के लिए आवेदन दिए थे, और इसकी उसने मुझसे अनुमति भी ली थी। पुलिस भर्ती के रिज़ल्ट के बाद से ही उसने ऐसा करना शुरू किया था।
उसने मुझे समझाया था कि "पढ़ाने से उसको दो तरीके से फायदा होगा–एक तो पढ़ाई के टच में रहेगी और एग्जाम देती रहेगी, और दूसरा तनख्वाह से उसके घर की आर्थिक स्थिति को मदद हो जाएगी।" मैंने उसकी सोच को बहुत सराहा था।

वो पिछले दो-तीन दिन से कई विद्यालयों में इंटरव्यू देकर आ चुकी थी। कम सैलरी और बाकी चीजों के कारण बात बन नहीं रही थी। आज उसे जिले के मशहूर स्कूल से इंटरव्यू के लिए बुलावा आया था। तृषा इस बात से काफी उत्साहित थी और वहाँ जॉइन करने के लिए प्रेरित भी। मैं भी काफी खुश था, क्योंकि इतने बड़े नामी स्कूल से जुड़ना अपने आप में बहुत नाम की बात थी, इसलिए मैंने उसे बधाई दी।

तृषा खुश तो थी, पर घबराई हुई भी थी। घबराहट उसकी सामर्थ्य नहीं बल्कि उसकी लोअर क्वालिफिकेशन थी। दरअसल, शिक्षण कार्य के लिए स्कूलों में ज्ञान कम, बीएड की डिग्री होना ज्यादा ज़रूरी है, और तृषा के पास अब तक सिर्फ बीएॅ की ही डिग्री थी। पिछले इंटरव्यू में इसी कारण उसे कम सैलरी ऑफर की गई थी।

मैंने तृषा को प्रोत्साहित किया और सब सही होने की उम्मीद रखने को कहा।

अगली सुबह तृषा को इंटरव्यू देने जाना था। स्कूल से आए आदेश पत्र में साफ लिखा था कि उसका इंटरव्यू निर्धारित कपड़ों में यानी साड़ी में संपन्न किया जाएगा। तृषा के पास अब तक उसकी कोई अपनी साड़ी नहीं थी, और ना ही मैंने उसे कभी गिफ्ट की थी, इसलिए उसने साड़ी उधार मांगी और तैयार हुई।

उसने नाश्ता किया और इंटरव्यू के लिए घर से निकली। रास्ते में उसने मुझे व्हाट्सऐप पर मैसेज किया, फिर वीडियो कॉल किया। तृषा का इतनी सुबह वीडियो कॉल देखकर एक पल के लिए मैं चौंक गया, फिर मुझे याद आया कि उसका आठ बजे इंटरव्यू है।

मैंने कॉल उठाई। तृषा साड़ी में थी, और वो अपने बाकी पहनावे की तुलना में लाखों गुना सुंदर लग रही थी। उसको देखकर मेरी नजर हटने को तैयार नहीं थी।

तृषा ने कहा, “कैसी लग रही हूँ मैं? शादी के बाद भी ऐसी साड़ी पहननी है ना मुझे तुम्हारे गाँव में?”

“बहुत प्यारी लग रही हो, तुम आज जरूर सिलेक्ट होकर आओगी,” मैंने मुस्कुराकर कहा।

मेरी ऐसी बात सुनकर वो हँसने लगी। उसको हँसता देख मैं भी हँस दिया। तृषा के चेहरे पर आत्मविश्वास था, जो उसे और आकर्षक बना रहा था।

दोपहर में तृषा का कॉल आया। मैं तब लंच टेबल पर बैठा था। दोस्तों के बीच लंच के दौरान सामाजिक मूल्य दिखाने के लिए फोन उठाना नहीं चाहता था, पर इंटरव्यू के बारे में जानने की मेरी जोर की इच्छा थी, इसलिए मैंने फोन उठा ही लिया।

“क्या हुआ इंटरव्यू का?” मैंने पूछा।

“कुछ नहीं, बाकी सब ठीक था। पर बात आकर वहीं B.Ed पर ही अटक गई। फिर भी उन्होंने कहा कल तक फाइनल करके बताएंगे,” उसने मुरझाई आवाज में कहा।

“कोई बात नहीं। वो तुम्हें पक्का सिलेक्ट कर लेंगे। इस काम के लिए तुमसे बेहतर कोई हो ही नहीं सकता,” मैंने उसे दिलासा देते हुए कहा।

तृषा काफी मायूस और दुखी थी। अगर वो स्कूल में सिलेक्ट नहीं होती, तो ये उसकी लगातार दूसरी बार उम्मीद तोड़ देगा। इसके बाद शायद उसका आत्मविश्वास गिर सकता है। हालांकि मैंने उसकी हिम्मत बढ़ाने और उसको सकारात्मक रखने की पूरी कोशिश की। तृषा घर पहुँची, उसने आराम करने को पूछा।

अगले दिन सुबह-सुबह ही तृषा का फोन आया। उसने बताया कि स्कूल वालों ने उसे सिलेक्ट कर लिया है। उसे अगले सप्ताह ही जॉइन करना होगा। तृषा आज खुशी से झूम रही थी। एक अरसा हो गया था उसको ऐसे नाचते देखे। उसने बताया उसकी मम्मी और बाकी घरवालों ने उसकी बहुत तारीफ की और उसे अपना गर्व बताया। वैसे तृषा गर्व करने वाला व्यक्तित्व तो था ही। तृषा को वो हर महीने करीब बारह हजार तनख्वाह के रूप में देंगे और समय के साथ-साथ वो बढ़ती रहेगी।

तृषा ने हिचकिचाते हुए मुझसे कहा, "वहाँ के स्कूल में टीचर्स के लिए दो-तीन तरह की ड्रेस निर्धारित है। मेरे पास अभी पैसे नहीं हैं। क्या तुम मुझे उधार दे सकते हो? मैं महीने के हिसाब से सब चुका दूँगी।"

"कितने पैसे चाहिए? और ये वापस कर दूँगी क्या होता है! तुम किसी पड़ोसी से पैसे मांग रही हो क्या? मुझसे पैसे मांगते वक्त तुम्हें ये किस बात की हिचकिचाहट, और 'वापस कर दूँगी' कहकर तुमने आज सच में पराया कर दिया," मैंने गंभीर आवाज में कहा।

"नहीं-नहीं, मेरा ये मतलब नहीं था। दरअसल मैंने आज तक किसी से पैसे नहीं मांगे हैं, इसलिए थोड़ा हिचकिचाहट हो रही थी। एक-दो साड़ी और जूते बनवाने हैं, पाँच हजार में हो जाएगा सब। बाकी पर्स मम्मी का यूज़ कर लूँगी।"

“जी नहीं, आप अपना पर्स खरीदेंगी। मैं आपको सात हजार भेज रहा हूँ। आप बेस्ट क्वालिटी की चीज खरीदेंगी। मेरी श्रीमती जी ऐसे-वैसे चीज थोड़ी पहनेंगी!” मैंने मुस्कुराकर कहा।

सच कहूँ तो जिस समय तृषा ने मुझसे ये पैसे मांगे थे, तब महीने का आखिरी सप्ताह चल रहा था। अकाउंट में मिनिमम बैलेंस बचा था, जिससे नीचे बैंक पैसा काटना शुरू करता है। मैंने तृषा को जोश में कह तो दिया था कि अभी भेज रहा हूँ, पर मुझे नहीं पता था कि मैं वो उधार किसके सिर डालूँगा।

हमारी बात पूरी हुई। मैंने अब अपने फोन की कॉन्टैक्ट लिस्ट को छानना शुरू किया कि कौन वो एक शख्स हो सकता है जो मुझ पर सात हजार की मेहरबानी कर दे।

मुझे वो शख्स मिल गया–मेरा बचपन का क्लासमेट अभिनव। भारतीय नौसेना में एक सिपाही है। वो जरूर मदद करेगा। उसने अब तक मेरे हर सुख-दुख में मेरा साथ दिया है, तो आज भी देगा ही। ये सोचकर मैंने उसे फोन लगाया।

मैंने अभिनव से बात की। पैसे देने से पहले उसने अपने नाम के अनुरूप अलग-अलग प्रकार के अभिनय किए। अंत में खुद को एक महान दानी और मुझे एक भिखारी का एहसास दिलाकर उसने पैसे भेज दिए।

वैसे दोस्ती में क्या भिखारी और क्या दानी–समझकर मैंने वो किस्सा भी पी लिया। पैसे मिलते ही मैंने उसी समय उन्हें तृषा को भेज दिए और तृषा ने मेरा शुक्रिया अदा किया।

आज तृषा का स्कूल में पहला दिन था। वो उसके लिए तैयार हुई। उसने अपनी मम्मी के हाथ से दही-चीनी खाई और अपने कामयाबी के रास्ते की ओर पहला कदम बढ़ाया। मैंने भी तृषा को शुभकामनाएं दी और अच्छी शुरुआत के लिए थोड़ा-बहुत ज्ञान भी। हमारी बात तब तक होती रही जब तक उसकी स्कूल बस नहीं आ गई।

शाम को जब तृषा वापस आई, तो मैंने उसे उत्साह से उसके पहले दिन के बारे में पूछा। वो काफी थकी हुई थी, इसलिए उसने बाद में बात करने को कहा।

स्कूल जॉइन किए दो-तीन दिन हो गए। तृषा का व्यवहार काफी अजीब था। वो काफी थकी हुई रहती थी, उसकी बातों में चिड़चिड़ाहट दिखती थी। मैंने उसके इस व्यवहार का कारण पूछा।

तृषा ने बताया, "स्कूल में टीचर्स को लगातार खड़ा होना पड़ता है। उनके बैठने की कोई व्यवस्था नहीं है। ये स्कूल की साजिश का हिस्सा है कि टीचर लगातार खड़ा रहेगा तो वो और सजग होकर पढ़ा पाएगा। क्लास के बीच में इंस्पेक्शन वाला आ जाएगा और पीछे जाकर बैठ जाएगा। उनके सामने पढ़ाने में बहुत झिझक सी होती है।

छोटी सी गलती में भी वो क्लास के सामने टोक देते हैं, जिससे बहुत बुरा लगता है।"

तृषा इससे पहले कभी लगातार इतना खड़ी नहीं हुई थी। उसके पांव में बहुत दर्द रहने लगा। और तृषा उन इंस्पेक्शन लेने वालों से ज्यादा परेशान थी। उसका कहना था कि बीच क्लास में टोके जाने से उसका आत्मविश्वास गिर जाता है। पढ़ाने के अलावा भी स्कूल वाले उससे एक्स्ट्रा काम भी करवाते थे। स्कूल से घर आकर उसने ट्यूशन पढ़ाना भी शुरू कर दिया था, जिससे जो थोड़ा-बहुत ऊर्जा बचती थी, वो भी उसमें समाप्त हो जाती थी। जिससे बस चिड़चिड़ापन और गुस्सा बचता था, जो मेरे भाग्य में आता था।

यही सब एक हफ्ते तक चलता गया। तृषा अपने स्कूल के कामों में व्यस्त रहती, हमारी बातें बहुत कम होती रहतीं। अब समय ना मिलने के कारण मैं उससे शिकायत करता, वो चिल्लाती और मैं खुद को चुप करा लेता।

मैं खुद को समझाता रहता कि ये आज बिजी है, इसके पास बहुत काम है, कल बात कर लेगी। पर वो कल कभी आ ही नहीं रहा था। पर्याप्त समय ना मिलने के कारण मैं, और पर्याप्त आराम और सही माहौल ना मिलने के कारण वो–हम दोनों आपस में लड़ते रहते। हम दोनों की लड़ाई बढ़ती गई। बातें दिनों-दिन कम होने लगीं। हम दोनों को एक-दूसरे के ऐसे व्यवहार की आदत सी होने लगी। मैंने भी अपने काम में ज्यादा बिजी रहना शुरू कर दिया।

एक-दूसरे को मनाने या बुलाने जैसी चीजें अब विलुप्त होने के कगार पर थीं। मतलब अब सिर्फ काम की बातों का सिलसिला था, बेवकूफी भरी बातें खत्म हो चुकी थीं। शिकायतें दम तोड़ चुकी थीं।

एक दिन तृषा ने बताया कि आज उसे क्लास में रोना आ गया। कारण था कि उसने जो बहुत मेहनत से रजिस्टर बनाया था, उसमें इंस्पेक्शन वाले ने कमी निकाली और दोबारा बनाने को कहा, और सभी टीचर्स के सामने ऐसी लापरवाही पर स्कूल से निकालने की बात भी कही।

आज उसकी आवाज में वो करुणा थी, जो महीनों पहले कहीं गुम हो चुकी थी। उसकी परेशानी देख मेरा दिल भी बैठ सा गया। मैंने उसे कहा कि वो परेशान मत हो, जॉब को छोड़ दे। इतनी परेशानी और दबाव में काम करने की कोई जरूरत नहीं है।

तृषा ने कहा, "अब ये काम उसकी मर्जी नहीं, जरूरत बन गया है। स्कूल के पैसों से उसका आधा घर चलता है। पर वो वास्तव में इस स्कूल में खुश नहीं है।"

मैंने उससे कहा, "अगर जॉब करनी ही है तो ऐसे डर के सहम के नहीं हो पाएगा। अपने अधिकारों के लिए बोलो और जरूरत पड़ी तो बहस भी करो। कोई तुम्हें ऐसे परेशान नहीं कर सकता। लेकिन जहां गलती हो रही है वहां उसे सुधारने की कोशिश करो। वहां तुमसे

सीनियर टीचर होंगे, उनके तजुर्बे से सीखो, उनसे मदद मांगो–सब आसानी से हो जाएगा।"

तृषा को मेरी बातों से राहत मिली। थोड़ी देर और बात हुई, तभी उसके स्टाफ के किसी टीचर का फोन आ गया। कुछ मिनट तो मैं होल्ड पर था, उसके बाद उसने कहा कल बात करती हूं।

अगले दिन जब वो शाम को आई, तो आज वो खुश थी। वो थकान, वो चिड़चिड़ाहट गायब थी। मैंने उससे उसका कारण पूछा।
तृषा ने बताया कि आज उसने सारी शिकायत वहीं के एक सीनियर टीचर से की। वो टीचर प्रिंसिपल के बहुत करीब है। उसके बाद प्रिंसिपल ने कहा कि अब से कोई इंस्पेक्शन वाला उसकी चलती क्लास में नहीं आएगा और उसे एक्स्ट्रा काम नहीं दिया जाएगा। ये सुनकर मुझे भी राहत मिली। मैंने मन ही मन उस टीचर को धन्यवाद ज्ञापित किया। तृषा के चेहरे की खुशी देखकर मैं भी प्रसन्न था।

करीब दो महीने बाद तृषा को स्कूल की तरफ से देहरादून जाने का ऑफर था। उसने मुझसे पूछा कि क्या वो चली जाए? मैंने उससे कहा, उसे जो ठीक लगे वो करे।

तृषा का रवैया वैसा ही रहा। वो अब सेकंड्स में बातें करने लगी, कुछ कहने पर उल्टा मुझ पर चिल्ला जाती। एक दिन जब मेरी सहनशक्ति खत्म हो गई, तो मैंने उसे एक-दो बातें सुना दीं। मेरी

बातें सुनकर उसने मुझे आग भरी आवाज में कहा, "मैं तुम्हारे साथ कोई रिश्ता नहीं रखना चाहती, तुम्हारे साथ रहके मेरी जिंदगी खराब हो गई।"

ये एक-एक शब्द मेरे सीने को चीरते गए। मैं स्तब्ध रह गया। मेरे कानों को यकीन नहीं हुआ कि तृषा ने मुझे उसकी जिंदगी खराब करने वाला बना दिया। कौन ऐसा कह सकता है?

मेरे अंदर गुस्से, दर्द और न जाने कितनी भावनाएं एक साथ दौड़ने लगीं। मुझे समझ नहीं आ रहा था आगे क्या करूं। मैंने उसे कहा ठीक है और फोन स्विच ऑफ कर दिया।

मैं उसकी कही एक-एक बात को सोचता गया। कैसे कोई इंसान पांच साल के बाद ये कह सकता है कि मेरे साथ रहके उसकी जिंदगी खराब हो सकती है? कौन इतनी घटिया बात कह सकता है?

नहीं-नहीं, शायद उससे गलती से कह गया हो। हो सकता है स्कूल से आज फिर परेशान होकर आई हो। मेरी तृषा ऐसा कभी नहीं सोच सकती। उसने सब गुस्से में बोल दिया। वो माफी मांगने के लिए फोन कर रही होगी।

मैंने इसी उम्मीद में फोन स्विच ऑन किया, लेकिन तृषा का कोई फोन नहीं आया।

अगले दिन की रात तक जब उसका कोई फोन नहीं आया, तो मैंने थक हार कर फोन किया।
"तुम्हें अपनी गलती का एहसास नहीं हुआ? कल जो भी तुमने कहा, वो गलती से तुम्हारे मुंह से निकल गया था," मैंने कलेजा हाथ में रखकर कहा।

तृषा ने शांत होकर कहा, "मैंने जो कहा सही कहा। मैंने कोई गलत नहीं कहा।"

"मतलब सच में मेरे होने से तुम्हारी जिंदगी खराब हो रही है?" मैंने कांपती हुई आवाज में कहा।

उसकी तरफ से कोई जवाब नहीं आया। इसका मतलब मैं समझ गया कि वास्तव में उसने सच बोला था।

मैं कुछ नहीं कह पाया। मैंने फोन बिना कट किए बगल में रख दिया। थोड़ी देर बाद तृषा ने वो भी काट दिया, और चारों तरफ बस सन्नाटा छा गया।

अध्याय 12

करीब दो हफ्ते बीत गए, तृषा का कोई फोन-पता नहीं आया। मैं हर पल फोन को देखता और उसके एक संदेश का इंतज़ार करता रहता। मैं मन ही मन सोचता कि काश तृषा एक फोन कर दे और कहे कि उसने वो सब झूठ बोला था, मेरे साथ रहने से उसकी ज़िंदगी खराब नहीं होती। मैं उसे पहले की तरह बिना किसी गिले-शिकवे के गले लगा लेता। लेकिन ऐसा कुछ नहीं हुआ। मेरा मन उसे फोन करने को भागता, पर मेरा हृदय मुझे एकाएक रोक देता। मेरा हृदय चीख-चीख कर कहता, "क्यों तृषा की ज़िंदगी बर्बाद कर रहा है, एक बार उसने कह दिया कि तेरी उपस्थिति उसके जीवन में वरदान नहीं, एक श्राप है, तो क्यों उसके पास वापस लौट रहा है।"

मैं मन ही मन अपनी कमियाँ ढूँढता रहता, आखिर मैंने ऐसी क्या गलती कर दी कि तृषा मुझसे इतना दूर चली गई। जवाब न मिलने पर मेरी बेचैनी दोगुनी होती। संसार मुझे फीका सा लगने लगा था। तृषा की मुझे ऐसी आदत लग गई थी कि अब मुझसे एक-एक पल गुज़ारना नामुमकिन हो रहा था। मैं तृषा के साथ बिताए गए पिछले पाँच साल के पलों को याद करता, फोन में उसकी तस्वीरें देखता और कभी हँस देता तो कभी आँखों में नमी महसूस करता। मेरा ये इंतज़ार मुझे खाए जा रहा था, मेरी हालत अब दयनीय हो चुकी थी। मैं अंदर से हर पल टूटता जा रहा था।

समय बीतता जा रहा था, मेरी बेचैनी जवाब दे रही थी। मुझसे तृषा का ये वियोग नहीं सहा जा रहा था। एक दिन जब मेरे सब्र का बांध टूट गया, खुद को कोसते-कोसते मैं इस नतीजे पर आ पहुँचा जहाँ से मुझे सारी गलती अपनी लगने लगी। मैंने तय किया कि मैं इस बार भी सारी गलती अपने सिर ले लेता हूँ। मैंने अपने नैतिक मूल्यों के साथ समझौता किया और तृषा को फोन लगा दिया।

तृषा ने फोन नहीं उठाया। मैं और बेचैन हो उठा। तभी तृषा का फोन आया, मेरे मन में खुशी फूट गई। मैंने खुद से कहा, "देखो, आ गया फोन, इतना टाइम लगता है इसे अपनी गलती मानने में। उस दिन की फ्री सॉरी की वजह से इसको ये बुरी आदत लग गई। चलो, शाम का भोला दो हफ्ते बाद घर आया तो इसे थोड़ा डाँट-फटकार कर अपना लेंगे।"

"क्या हुआ, बोलो क्यों फोन किया?" उसकी आवाज़ तीव्र और नफरत भरी थी।

मैंने खुद से वादा किया था कि कुछ भी हो जाए मैं अपने गुस्से और ईगो पर नियंत्रण रखूँगा और किसी भी स्थिति में इनको खुद पर हावी नहीं होने दूँगा।

मैंने शांत आवाज़ में जवाब दिया, "कैसी हो तुम, सब ठीक है ना?"

"तुम्हें उससे क्या है, तुमने किस काम के लिए फोन किया था वो बताओ?" तृषा ने उत्तर दिया।

"बस हाल-चाल जानने को ही फोन किया था, दरअसल मुझे मेरी गलती का अहसास हो गया है, मैं माफी माँगता हूँ।" मैंने उत्तर दिया।

सच कहूँ तो मुझे अब तक अपनी गलती समझ नहीं आई थी। दो हफ्तों से मैं उसे ही ढूँढ रहा था पर असफल रहा। अगर मुझसे तृषा कहती कि बताओ क्या गलती का अहसास हुआ तो मैं चुप हो जाता।

"गलती का अहसास होने में आपने बहुत देर कर दी, अब मैंने मन बना लिया है कि आपके साथ आगे जीवन व्यतीत नहीं कर पाऊँगी।" उसने गंभीर आवाज़ में कहा।

उसकी ऐसी बात सुनकर मेरा टूटा मन अब चकनाचूर हो गया। खुद को संभालते हुए मैंने एक और बार कोशिश की, "ऐसा मत कहो, मैं अपनी गलती की माफी माँगता हूँ, आगे से ऐसा कुछ नहीं होगा।"

"तुम कभी नहीं सुधर सकते, तुम हमेशा मुझे बाँध कर रखोगे। मेरी भावनाओं की तुम कभी कद्र नहीं कर पाओगे।" तृषा ने ऊँची आवाज़ में कहा।

आज पाँच साल के बाद अचानक तृषा को मेरी बातें, मेरा रोक-टोक बंधन लगने लगा था। कुछ तो ऐसा था जो गलत हो रहा था। दो

लोगों के रिश्ते में एक-दूसरे को गलत होने के अहसास में रोकना-टोकना क्या एक जुड़ाव का नाम नहीं है या इसे एक बंधन कहा जाएगा। अगर ये सच में बंधन है तो हमारे माता-पिता बचपन से हमें गलत कामों में रोकते-टोकते आए हैं, तो उसे तृषा जुड़ाव का नाम कैसे दे सकती है। क्या आज़ादी के मायने ये होते हैं।

मैंने कहा, "देखो तुम अनायास ही बात को बड़ा रही हो। इस बात को यहीं खत्म करो, मैं हर सजा के लिए तैयार हूँ।"

"तुम्हारी सजा यही है कि तुम मुझे अकेला छोड़ दो।" तृषा ने कहा। अब मुझे अहसास हो गया था कि वो सच में मुझसे पीछा छुड़ाना चाहती थी, पर क्यों। इस सवाल का जवाब मुझे नहीं मिल पा रहा था। उसकी बातों में नफरत देख मेरा संयम टूट गया।

मैंने गुस्से में उसे भला-बुरा कहना शुरू किया। पिछले एक हफ्ते का दर्द और पाँच वर्ष का प्यार, त्याग, समर्पण एक साथ आक्रोश का ऐसा ज्वालामुखी बनकर तृषा पर बरस पड़े। मुझे मेरे शब्दों पर संयम नहीं रहा, मेरे हाथ-पाँव उस ज्वालामुखी में काँपने लगे। मैं बोलता गया, मेरे मुँह से उसके परिवार वालों के लिए भी भला-बुरा निकलने लगा। तृषा बिना एक शब्द कहे सुनती रही। उसे वो कारण मिल गया था, जिसके दम पर वो आधिकारिक रूप से रिश्ता तोड़ सकती थी।

तृषा ने प्रतिक्रिया दी, "तुमने मेरे परिवार के बारे में भला-बुरा कहा, मैं तुम्हें अपने लिए शायद माफ कर देती पर अब कभी नहीं। मैं अब तुम्हें हमेशा के लिए ब्लॉक कर रही हूँ।" तृषा ने फोन काट दिया।

मैं गुस्से से अपने कमरे में गया। मेरे हाथों और होठों पर अभी भी कंपन था, पर मुझे अपनी कही बातों पर पछतावा होने लगा। मुझे उसे भला-बुरा नहीं कहना चाहिए था। मुझे खुद के शब्दों पर संयम रखना चाहिए था। आह, मुझसे ये क्या गलती हो गई, मैं तो रिश्ता ठीक करने गया था, पर अनजाने में खत्म कर आया।

पछतावे की आग मुझे लपेटने लगी। मैंने अगले क्षण तृषा को फोन लगाया, पर मैं ब्लॉक हो चुका था। मैंने कई दिन फोन लगाया, अपनी गलती की माफी माँगना चाही, पर मेरे पास इसका कोई माध्यम नहीं था। मैंने अंत में अपने दोस्त से फोन उधार माँगा और तृषा को फोन किया। उसने उसी क्षण फोन उठा लिया।

"हेलो, कौन?" तृषा ने पूछा।

मैं निःशब्द रहा, मेरे मुँह से आवाज़ नहीं निकली।

"हेलो, कौन बोल रहा है, आवाज़ आ रही?" तृषा ने दोबारा पूछा।

"मैं ऋषि बोल रहा हूँ, फोन मत काटना, मुझे तुमसे बात करनी है, मुझे अनब्लॉक करो।" मैंने करुण आवाज़ में कहा।

उसने ज़ोर की साँस भरी और कहा, "तुम मुझे फोन मत करो, मेरा पीछा छोड़ दो, मुझे तुमसे कोई बात नहीं करनी।"

"देखो ऐसा मत करो, मैं तुम्हारे सामने हाथ जोड़ रहा हूँ।" मैंने थकी हुई आवाज़ में कहा।

बहुत मिन्नतों के बाद उसने मेरा अनुरोध स्वीकार किया और मुझे भिख स्वरूप अनब्लॉक किया। मैंने उसे अपने मोबाइल से फोन लगाया।

"मैंने उस दिन तुम्हें गुस्से में आकर क्या-क्या कहा मुझे याद नहीं। दरअसल तुमसे दो हफ्ते बात न होने के कारण मेरा मन दुखी था, उसी के कारण मैं गुस्से से तुम पर फट गया। मुझे अगले ही क्षण अपनी गलती का अहसास हुआ और मैंने माफी माँगने के लिए तुम्हें फोन किया, पर मैं ब्लॉक हो चुका था। चलो अब सब ठीक कर लेते हैं, तुम मुझे सजा दे दो।"

"अब कुछ ठीक नहीं हो सकता।" तृषा ने बहुत गंभीर आवाज़ में कहा।

"ऐसा क्यों बोल रही हो, आखिर मतलब क्या है तुम्हारा?" मैंने चौंकते हुए कहा।

"मेरी शादी तय हो चुकी है।" तृषा ने जवाब दिया।

"क्या घटिया मज़ाक कर रही हो, ऐसा कभी संभव ही नहीं है।" मैंने चिल्लाकर कहा।

"कोई मज़ाक नहीं कर रही हूँ, ये सच है। अगले साल फरवरी में शादी की तिथि भी तय हो चुकी है। वो हमारे स्कूल में ही टीचर है।"

मेरे कानों को यकीन नहीं हुआ, मैं वहीं ज़मीन पर जम गया। मैं शायद ही साँस ले पा रहा था।

"तुम पागल हो गई हो, तुम पर किसने जबरदस्ती की, मेरी अपने घरवालों से जल्दी बात कराओ, मैं सब अभी ठीक कर देता हूँ।" मैंने कंपन भरी आवाज़ में कहा।

"मुझ पर किसी ने कोई जबरदस्ती नहीं की, ये मेरा निर्णय है। मैं तुम्हारे साथ कभी खुश नहीं रह सकती। वो तुमसे कई मामलों में बेहतर है।" तृषा ने जवाब दिया।

"तुम ऐसा कैसे कर सकती हो, तुमने अपना किसी और के साथ रिश्ता तय कर लिया और एक बार मुझसे पूछा तक नहीं। पूछना तो छोड़ो, तुमने मुझे बताया तक नहीं। तुम इतनी निर्दयी कैसे हो सकती हो। तुम्हें इतना अधिकार किसने दिया। जब पाँच साल से ये रिश्ता दोनों का था, तो अचानक ये सिर्फ तुम्हारा कैसे हो गया।" मैंने चिल्लाते हुए कहा।

मेरी आँखों से आँसू छलक उठे, हृदय मन दर्द से कराह उठा। मेरे जीवन के पाँच साल मेरी आँखों के सामने तैर रहे थे। तृषा का ये निर्दयी व्यवहार चाकू से भी तेज़ मेरे मन के टुकड़े-टुकड़े कर रहा था।

"सच कहूँ तो मैंने खुद को कठपुतली बना लिया है, मेरा मन उससे भी शादी को नहीं है। मैं बस अब अपने परिवार की इज़्ज़त बचाने के लिए अभिनय कर रही हूँ।" तृषा ने कहा।

"तुम ऐसा नहीं कर सकती, मैं अभी अपने माता-पिता को तुम्हारे घर भेज रहा हूँ। वो हमारे रिश्ते की अभी बात करेंगे।" मैंने दोगुनी स्पीड में कहा।

"तुम अब ऐसा कुछ नहीं करोगे। अगर तुमने कुछ भी ऐसा किया तो मैं खुद को नुकसान पहुँचा दूँगी। अगर सच में तुमने मुझसे कभी प्यार किया है तो उसका प्रमाण दो और मुझे अब जाने दो।" उसने गंभीर आवाज़ में कहा।

ये क्षण मेरे लिए कितना दर्ददायक था, उसे मैं शब्दों में नहीं बाँध सकता हूँ। मेरे पाँच साल का समर्पण, त्याग, प्यार सब आँसू के रूप में छलक रहे थे। साँस लेना भारी पड़ रहा था। मेरा दर्द मेरी आवाज़ और सिसकियों में साफ दिख रहा था, पर तृषा का निर्दयी दिल एक बार भी नहीं झुका। मेरी ऐसी दयनीय हालत ने उसे तिनके भर भी प्रभावित नहीं किया। मुझे आज उसके प्रेम में संदेह होने लगा।

"ठीक है, अब मैं जाती हूँ, उम्मीद है तुम मेरी शादी में कोई रुकावट नहीं डालोगे, पाँच साल के हमारे इस रिश्ते की इतनी लाज ज़रूर रखोगे।" तृषा ने कहा।

मैंने सिसकियों भरी आवाज़ में कहा, "इतनी बड़ी सजा दे रही हो, मेरी गलती तो बता दो?"

उसने चुप्पी रखी और बिना एक शब्द कहे फोन काट दिया। अब मेरे पास वापस फोन करने की हिम्मत नहीं बची। मेरा सिर फटने लगा, मेरी साँसें तेज हो गईं। तृषा का वियोग मुझसे सहा नहीं गया और मैं वहीं गिर पड़ा, मेरी आँखें बंद हो गईं।

मेरी आँखें खुलीं, मैं अस्पताल में था। डॉक्टर का कहना था मेरा बीपी बढ़ गया था। पर कौन डॉक्टर को कौन बताए कि उसकी जाँच गलत है, असली दर्द तो मन में है, जो मुझे ऐसे बीपी से हज़ार गुना खाए जा रहा है। मेरी हालत ठीक नहीं हो रही थी। पाँच दिन बाद मुझे सिक लीव पर भेज दिया गया। घरवालों ने मेरी हालत देख मुझसे इसका कारण पूछा। मैंने उन्हें सब बताया। घरवालों ने ज़िद की कि उसके घरवालों से बात करें, लेकिन मैंने उन्हें रोका क्योंकि मुझे मेरे प्यार का प्रमाण जो देना था, तृषा की शादी में कोई रुकावट नहीं पैदा करना था।

मैं बहुत दुखी था। तृषा कैसे मुझसे इतना दूर चली गई, उसका कारण ढूँढते फिर रहा था। सब कुछ असहनीय था। जीवन मुझे बोझ

सा लगने लगा। अब मुझे यहाँ से केवल एक इंसान पार करवा सकता था। वो इंसान मेरे स्कूल के टीचर थे, उनका नाम कृष्णा था। अपने जीवन के इस कुरुक्षेत्र में अब मैं वो अर्जुन बन चुका था जिसे अब सच में कृष्ण की ज़रूरत थी। मैंने उन्हें फोन लगाया और मिलने का अनुरोध किया। उन्होंने रविवार के दिन की तिथि निर्धारित की।

रविवार को मैं उनसे मिला। नमस्कार के साथ उनका अभिवादन किया। मुझे देख वो मेरी हालत और मेरे मन में भरे दर्द को समझ गए।

उन्होंने पूछा, "तू कुछ परेशान लग रहा है।"

मैंने गुरु और शिष्य की मर्यादा को बचाने का सोचा। अपने असफल प्रेम प्रसंग को उनके सामने रखना मेरे मन में संकोच पैदा कर रहा था।

मैंने मुस्कुराकर कहा, "नहीं तो, मैं कुछ परेशान नहीं हूँ।"

"अक्सर मुस्कुराते चेहरे अंदर से सबसे ज़्यादा दर्द में होते हैं। ऋषि, तेरे चेहरे में तेरा दर्द साफ दिख रहा है। अगर मुझे इस लायक समझता है तो बात क्या है मुझे बता।" सर ने गंभीर आवाज़ में कहा।

मेरी नज़रें झुक गईं। मैंने सर को एक-एक बात बता दी। मेरी आवाज़ में कंपन से वो मेरी हालत समझ गए। उन्होंने मेरी बात को ध्यान से सुना और कुछ समय तक विचार कर कहा, “अच्छा तो ये बात है। तेरा दर्द स्वाभाविक है। लेकिन तू रो किसके लिए रहा है, जिसको तेरी इस हालत पर बिल्कुल दया नहीं आई। क्या वो इंसान सच में तेरा था? क्या सच में तेरा और उसका कोई मेल था?”

उन्होंने गंभीर आवाज़ में ऐसे कई सवाल मुझसे पूछे। हर सवाल के साथ मेरे जवाब साफ होते गए। मेरे मन का दर्द कम होता गया। मैं जो अब तक जीवन के इस युद्धभूमि में हज़ारों सवालों के तीरों का सामना कर रहा था, उसके घाव सर की जादुई भरी बातों से भरते गए।

“नियति में जो लिखा था वही हुआ है, तू इसके खिलाफ कुछ कर ही नहीं सकता था, ये तेरी सामर्थ्य से परे है। बस मुझे अब दो सवालों के जवाब बता, उसके बाद तू खुद ही अपने सारे जवाब ढूँढ लेगा। पहला– उसको पाने के लिए तूने त्याग, समर्पण सब कुछ किया होगा, लेकिन इतनी मिन्नतों के बाद भी तू पा नहीं पाया, क्या ये इसका इशारा नहीं कि तेरा चयन गलत था? और दूसरा ये कि क्या तेरे अंदर अपने पाँच सालों के लिए पछताप की भावना है या स्वाभिमान की?” सर ने तीखी आवाज़ में पूछा।

“आप सही कह रहे हो सर, शायद मेरा चयन गलत था, और मुझे अपने पाँच साल के त्याग, प्रेम और समर्पण में स्वाभिमान है।” मैंने नज़रें उठाकर जवाब दिया।

“तो दुख किस बात का है, तेरी सामर्थ्य में जो था वो तूने किया, अपने कर्मों पर स्वाभिमान है। ईश्वर ने तुझसे वो छीन लिया जो तेरे लिए सही नहीं था। सत्य से भाग मत, सत्य को स्वीकार कर, चीज़ें अपने आप आसान हो जाएँगी।” सर ने मुस्कुराते हुए कहा।

मैं स्तब्ध रह गया। जिन सवालों में मैं पिछले तीन हफ्तों से घिरा था, वो आज सारे भाप की तरह उड़ गए। मैं उनके चरणों में गिर गया, उन्हें मार्गदर्शन के लिए धन्यवाद दिया और फिर से मुस्कुराना शुरू किया।

हम सब के जीवन में ऐसे ही गुरु की तरह कृष्ण रूप में कोई न कोई होता है। वो कोई भी हो सकता है– आपके माता-पिता, आपका दोस्त, आपके टीचर या भी कोई। जब कभी भी हम जीवन के दलदल में फँस जाते हैं, हमें निकालने वाला कोई न कोई ज़रूर होता है, बस हमें उसकी ओर एक कदम बढ़ाने की ज़रूरत होती है।

दो महीने बाद

दो महीने बाद मैं अपने उस प्रोजेक्ट की सफलता के बाद वापस आया। हम पाँच लोगों की होनहार टीम ने बहुत मेहनत की और कंपनी को दस मिलियन की डील साइन करवाने में अपना योगदान

दिया। उस दिन के बाद मैंने अपना फेसबुक अकाउंट बंद कर दिया था। आज उसे दोबारा खोलने की इच्छा रखी, लेकिन खुद से वादा किया कि अब से किसी तृषा का मित्रता प्रस्ताव स्वीकार नहीं करूँगा। आईडी खोलते ही मैंने वही पुरानी पोस्ट देखी– कुछ ज्ञान की, कुछ नए प्यार में पड़े आशिकों की और कुछ दिलजलों की।

स्क्रॉल करते-करते मेरे सामने एक फोटो आई। उसे देखकर मैं फिर जम गया, मेरा हृदय एकाएक धड़कना बंद कर दिया। वो तस्वीर थी तृषा की। उसने शादी का जोड़ा पहना हुआ था, माँग में सिंदूर था, चेहरे पर खुशी और चमक थी। उसके बगल में एक आदमी खड़ा था जिसने शर्ट-पैंट पहनी थी, जो ढंग से टक-इन भी नहीं थी। जूते नए थे, इसलिए चमक रहे थे। उम्र में तृषा से कुछ बड़ा नज़र आ रहा था, शायद ये उसका पति था।

मेरे अंदर की उत्सुकता से उसकी आईडी पर टैप किया तो देखा, तृषा की हज़ारों वीडियो बनी हुई थीं। हर एक वीडियो में उसकी शादी के प्रति उत्तेजना और खुशी साफ थी। उसे देखकर ऐसा लग रहा था कि उसने विदा लेते वक्त जो भी मेरे से कहा था कि “मैं इस शादी से खुश नहीं हूँ, मैं कठपुतली बनने जा रही हूँ”, वो सब झूठ था। उसके चेहरे की हंसी, उसका व्यवहार ये बताने के लिए काफी था की मैं हमेशा से उसके सामने एक विकल्प था। मुझसे रिश्ता तोड़ते वक्त उसने जो दावे मेरे सामने रखे थे, वो सब फीके महसूस हो रहे थे।

बाद में मुझे सूत्रों से पता चला कि उस आदमी से विवाह का प्रसंग खुद तृषा का था। मतलब मेरे साथ तृषा को जीवन इसलिए बुरा लग रहा था क्योंकि उस इंसान के साथ भविष्य अच्छा लगने लगा था। मुझे उस दूसरे इंसान के प्रति कभी कोई द्वेष भावना नहीं होगी, क्युकी इसमे उसकी कभी कोई गलती नहीं थी।

सच कहू तो इस पूरी कहानी का सबसे बड़ा कुसूरवार तृषा नहीं बल्कि मैं 'ऋषि' था। तृषा की यहा कोई गलती नहीं थी, उसने अंत में वही किया जो उसका प्राकृतिक स्वभाव था। *पानी में डूबते बिच्छू को बचाने की कोशिश के दौरान वो आपको काट लेता है तो ये आपकी गलती है, क्युकी बिच्छू का स्वभाव ही है काटना। गलती आपकी है की आपने उसके स्वभाव को नजरअंदाज किया।* यहा भी गलती थी ऋषि की, उसके सामने पाँच सालों में कई बार ऐसे दृश्य प्रस्तुत हुए जहाँ उसे तृषा की मनोभावना, लालच, चरित्र की वास्तविक छवि दिखी, लेकिन हर बार उसने वास्तविकता से मुहँ मोड़ लिया, उसने हर बार तृषा को चुना, तृषा की गलतियों को नजरअंदाज करता गया, फ्री की सॉरी बोलता गया। उसे हमेशा इस बात का अहसास था की एक दिन ये चीज़े उसे बर्बाद कर देंगी, लेकिन हर बार उसने सकारात्मक रहना चुना। हर बार उसने खुद के बजाय रिश्ते और तृषा को चुना।

ऋषि इतना बेवकूफ था की, जब पहली बार तृषा का रिश्ता आया था, तो चीज़े पानी की तरह साफ हो गई थी, तृषा के प्रेम की नीव और सत्य उसके सामने साफ हो गया था। फिर भी उसने उसे माफ क्यू

किया, उसने कैसे स्वीकार कर लिया की, तृषा भविष्य में ऐसा दोबारा नहीं दोहराएंगी। दरअसल ऋषि को ये बात नहीं पता थी की उसका ये दयालु होना, आजकल की पीढ़ी के सामने सिर्फ बेवकूफ होने से ज्यादा कुछ नहीं था।

अगर में उन बातों का जिक्र करू जो ऋषि को तृषा की शादी के बाद सूत्रों से सुनने में आई, तो यकीन मानिए आपको तृषा के वजूद पर शक हो जाएगा। आपको ऋषि की पसंद और चुनाव से नफरत हो जाएंगी। सूत्रों की वो बात, जिसमे तृषा ने कैसे पूरा एक खेल रचा, कैसे सारी गलती ऋषि पर थोपकर खुद को इस घेरे से साफ सुथरा बाहर निकाला, और ऋषि खुद पर लगाए गए उन आरोपों को स्वीकार कर पश्चाताप की आग में झुलसता गया, हर पल उन गलतियों को खोजता गया जो उसकी कभी थी ही नहीं, परंतु जब सत्य उसके सामने तो उसके होश उड़ गए।

'ऐसा कहना की मुझे तुम्हारे साथ रहना अपने भविष्य के लिए खतरा लगता है, मुझे एक हफ्ते बाद उस इंसान के बारे में बताना और अंत में ऋषि के व्यक्तिव और भरोसे का सदुपयोग करके उसे उसके प्यार का प्रमाण मांगना ये सब उस खेल का हिस्सा था जो ऋषि जैसे बेवकूफ के लिए अकल्पनीय था। वो कभी कल्पना नहीं कर सका की जिस तृषा पर वो इतना अंधविश्वास करता था, जिसे पाने के लिए उसने इतनी जंग जीती वो पाँच साल बाद इस तरीके से व्यर्थ हो

जाएंगी। तृषा के उस महान चक्रव्यू के बारे में सुनना आपके लिये असहनीय हो सकता है। इसलिए मैं उसका जिक्र नहीं करना चाहता क्युकी उसे जानने के बाद कोई ऋषि, कभी किसी तृषा पर विश्वास नहीं कर पाएगा, और हमेशा प्यार करने से दूर भागेगा।

कुछ सवाल मैं उन तमाम ऋषि की ओर से उन सभी तृषा से पूछता हूँ, 'क्या किसी के साथ इतना समय गुजारने के बाद, उससे हजार झूठे वादे करने बाद, उसे इस तरीके से अंधकार में रखना क्या सही है? किसी के साथ जीवन के ऐसे सपने प्रकट करने के बाद उन्हे किसी ओर के साथ उसी भावना से जी पाना संभव है? कैसे किसी का दिल इतना मजबूत हो सकता है, कैसे कोई इतना समझदार हो सकता है। क्या ये सब सच में इतना आसान होता है? क्युकी अगर ऋषि मजबूरी में भी तृषा के साथ ऐसा करता तो वो आजीवन खुद को दोषी मानता, और कभी तृषा से नजरे मिलाने से बचता। तो कभी तृषा सच में ऋषि से नजरे मिला पाएगी?

यहाँ एक आखिरी सवाल आप लोगों के अंदर जरूर आ रहा होगा की बात इतनी बिगड़ गई थी तो राहत और बचाव दल की *जान्हवी* इस समय कहा थी? वो कही छुट्टी मनाने गई थी? जी नहीं! जान्हवी कोई छुट्टी मनाने नहीं गई थी। तो उसने इस बार क्यू कुछ नहीं किया? इस सवाल का जबाब भी आपके होश उड़ाने को काफी है।

दरअसल जान्हवी के सामने चीज़े इतने गलत तरीके से रखी गई थी की उसे ऋषि के चरित्र से नफरत हो गई थी। ऋषि के बारे में बहुत

कुछ कहा गया जिससे जान्हवी आश्वस्त हो गई की तृषा को ऋषि से दूर हो जाना चाहिए। इसलिए जान्हवी ने एक बार और वापस उनको जोड़ने की कोशिश नहीं की।

मैं ऋषि अपनी बीती इन पाँच सालों की जिंदगी को आगे एक सबक की तरह लेकर चलना चाहूँगा, और अब शायद ही किसी तृषा के लिए वो युद्ध लड़ूँगा। अब किसी तृषा पर युही अंधविश्वास करने से बचूँगा और अपने वजूद को किसी से भी आगे रखूँगा।

खुद के जीवन के लक्ष्य को तय करते, मेट्रो में बैठे ऋषि की नजर जब सामने पड़ी। उसने देखा, एक लड़का और लड़की हाथ में हाथ डाले बैठे थे। लड़की ने लड़के से कहा, "तुम परेशान मत हो, मैं घर में सबको मना लूँगी, हम कभी अलग नहीं होंगे।" उनकी बात सुनकर ऋषि एकाएक हँस पड़ा। उसकी हँसी इतनी प्रबल थी कि वो लोग एकटक उसे घूरने लगे और उसने अपनी गर्दन नीचे झुका ली और हँसना जारी रखा।

मेरे पाठकों के जरिए संदेश

शायद आप उन चंद लोगों में से हैं जिनका ज़िक्र मैंने पहले पन्ने पर किया था–जिन्होंने यह पूरी किताब पढ़कर अपना कीमती समय दिया। कहानी पढ़ने के दौरान आपको ज़रूर मेरे लेखन शैली में कमी महसूस हुई होगी। मैं यह भी स्वीकार करता हूँ कि इस किताब के पन्नों में व्याकरण और लिपि के कई नियमों ने दम तोड़ा होगा। हर एक कमी के लिए मैं दिल से आप सभी से माफी मांगता हूँ। पर झूठ न कहूँ, तो मैंने इसे लिखने में अपना सबसे बेहतर प्रयास किया है। फिर भी आप सभी के सुझावों का मैं स्वागत करता हूँ।

हो सकता है आप में से कुछ को यह कहानी काल्पनिक लगी हो, और शायद कोई भावुक भी हुआ हो। किसी ने आँखों में नमी महसूस की होगी, तो किसी ने बस मुस्कुरा दिया होगा। आप चाहे कोई ऋषि हों या त्रिशा, या कोई भी–मेरे लिए आप सिर्फ एक पाठक हैं, जो इस कहानी को कुछ दिनों में भूल जाएगा। इससे पहले कि आप इसे भूल जाएँ, मैं आप लोगों के माध्यम से उन तमाम ऋषि और तृषा को एक संदेश देना चाहता हूँ, जो आज किसी मेट्रो में हाथ में हाथ रखकर भविष्य के सिर्फ सुंदर नज़ारों की आशा में बैठे हुए हैं।

प्रेम, ईश्वर की बनाई गई चीज़ों में सबसे खूबसूरत है। इसकी अनगिनत परिभाषाएँ समाज में पड़ी हैं, कई ऐसे उदाहरण पड़े हैं जो आज भी इसके वर्चस्व का परचम फहराए हुए हैं। कोई इसे त्याग

कहता है, तो कोई इसे लगाव में सीमित कर देता है। कुछ तो इसे सर्वस्व मानकर अपना जीवन इसमें सौंप देते हैं। मैं इनमें से किस श्रेणी का हूँ, मुझे नहीं पता। पर मैं अगर तृषा के प्रति अपने प्रेम को परिभाषित करूँ, तो बस इतना कहूँगा—अगर आज भी तृषा मेरे पास आए, तो तब भी मैं उसे हर उस जगह टोकूँगा जहाँ मुझे लगेगा कि वह गलत है। आज भी मैं उसे पूरी आज़ादी नहीं दूँगा, खुद से जोड़कर रखूँगा—मेरी नज़र में यह एक जुड़ाव है, कोई बंधन नहीं। मेरी नज़र में यही प्रेम है, और इसे मैं स्वाभिमान के साथ स्वीकार करता हूँ।

मैं स्वीकार करता हूँ कि मुझसे कुछ गलतियाँ हुई थीं। ज़िम्मेदारियों के बीच मैं तृषा को उतना समय नहीं दे पा रहा था जितना पहले दे रहा था। मुझे यह समझना चाहिए था कि तृषा को इसकी ज़रूरत है। पर क्या तृषा को भी मेरी परिस्थिति नहीं समझनी चाहिए थी? तृषा का बिना सवाल के हल ढूँढ़े यूँ ही मुझसे पीछा छुड़ाकर भाग जाना कहाँ तक सही है? मैं मानता हूँ कि हर इंसान को बेहतर चुनने का अधिकार है—तृषा को भी बेशक है। पर हम बेहतर ढूँढ़ने से अच्छा, जो है उसे बेहतर नहीं कर सकते? क्या करना ज़्यादा आसान होगा?

तृषा को पाँच साल लग गए यह तय करने में कि वह मेरे साथ खुश नहीं रह सकती, पर उसने एक पल में यह कैसे तय कर लिया कि वह उस दूसरे इंसान के साथ खुश रह सकती है? मुझमें इतनी कमी थी या वह इंसान इतना गुणी था? पर सौ प्रतिशत उत्तम चरित्र तो

इस दुनिया में संभव ही नहीं है। हर इंसान के कुछ अच्छे गुण होते हैं और निश्चित ही कुछ कमियाँ भी। तो तृषा ने चुनाव के वक्त सिर्फ मेरी कमियाँ ही क्यों देखीं? सब कुछ सही भी मान लें, तो किसी और से जुड़ने से पहले उसने मुझे कम से कम एक बार बताना भी सही नहीं समझा। क्या इसे धोखे का नाम नहीं देते? मैं तो इसे धोखा ही मानता हूँ, और इसके लिए मैं तृषा को कभी माफ़ नहीं कर सकता।

मैंने प्रेम में असफल होने पर कोई नस नहीं काटी, न ही फाँसी का फंदा बनाया, बल्कि फ़ख्र से सिर ऊँचा किया और सत्य को स्वीकार किया। कहते हैं कि प्रेम अजर-अमर है—न जन्म लेता है, न समाप्त होता है। मैं इस बात से सहमत हूँ लेकिन आज अगर मुझे समय आज्ञा दे और पाँच साल भूतकाल में जाने का मौका दे तो सच कहूँ मैं वहाँ पहुचकर अब उस तृषा के मित्रता के प्रस्ताव को स्वीकार नहीं करूंगा। में अपने स्वाभिमान को नहीं झुकने दूंगा, तृषा की गलतियों को हमेशा चीख चीख कर बोलूँगा और फ्री की सॉरी नहीं कहूँगा।

खैर, मैं तृषा के सफल और सुखद जीवन की कामना करता हूँ। भूतकाल की रस्सियाँ काट दूँ, तो मैं उसके उज्ज्वल और भले भविष्य की कामना करता हूँ, और उम्मीद करता हूँ कि जिस रिश्ते में अब वह है, उसे मान-सम्मान के साथ निभाए और अब किसी नए ऋषि की तलाश में बगीचे में ना भटके। मेरा तृषा को पैगाम यहीं खत्म होता है।

मेरे पास कुछ शब्द और लिखने की स्याही बची हुई है, तो इससे मैं अपने तजुर्बे से कुछ सुझाव लिखना चाहता हूँ–शायद ये किसी ऋषि और तृषा के काम आ जाएँ।

प्रेम करना और उसे निभाने में बहुत अंतर है। किसी को कह देना कि "मैं तुमसे प्रेम करता हूँ"–यह एक पल का काम है, पर उसे निभाना आजीवन एक ज़िम्मेदारी है। मेरा ऋषि को यह सुझाव है कि तुम प्रेम करो, लेकिन किसी भी तृषा के लिए खुद के वजूद को मत मिटाओ। भरोसा करो, लेकिन उस पर आश्रित होकर अपने जीवन को एक समझौता मत बनने दो। हो सके तो प्रेम को बचाने की हर सीमा पार कर जाओ, लेकिन कभी बिना गलती के यूँ ही "सॉरी" मत बोलो। तृषा को मेरा सुझाव है कि अगर परिस्थिति प्रतिकूल है, तो उसे एक बार ऋषि की ओर से भी सोचे। अक्सर रिश्ते इस बात पर टूट जाते हैं कि ऋषि अपनी ज़िम्मेदारियों में फँसा रह जाता है, और तृषा उसे गलत तरीके से समझकर दूरियाँ बना लेती है। इसके बजाय, त्रिशा–यह तुम्हारी ज़िम्मेदारी है कि बातों का हल ढूँढ़ो। नए ऋषि की तलाश करने के बजाय उसी ऋषि की कमियों को दूर करो और उसके गुण देखो। यक़ीन मानो, इस पूरे संसार में कोई भी ऋषि उत्तम नहीं है। फिर भी तुम्हें लगता है कि तुम्हारा जीवन खराब हो सकता है, तो यह तय करने में ज़्यादा समय मत लो। वरना कई ऋषि इस धोखे से नहीं उबर पाते, और सत्य को स्वीकार नहीं कर पाते, और अंत में फंदों में झूल जाते हैं।

बस इतना ही। मैं खुद के लिए इस किताब के पन्ने बंद करता हूँ और उम्मीद करता हूँ–शायद कभी मेट्रो में बैठकर किसी ऋषि और तृषा को इसे पढ़ते हुए देखूँ, और उनके चेहरे की मुस्कुराहट देखकर इसे दोबारा खोलने की इच्छा कर पाऊँ।

www.ingramcontent.com/pod-product-compliance
Lightning Source LLC
LaVergne TN
LVHW100312210926
848480LV00003B/1106
* 9 7 9 8 9 0 4 5 1 4 3 6 5 *